Yeti

네팔 국왕을
알현하다

The stories of Nepal king's stamp

Yeti 네팔 국왕을 알현하다
The stories of Nepal king's stamp

이근후 · 아룬 란짓 · 안종만 지음 │ 임강섭 역

초판 인쇄 2018년 04월 16일
초판 발행 2018년 04월 20일

지은이 이근후 외
펴낸이 신현운
펴낸곳 연인M&B
기 획 여인화
디자인 이희정
마케팅 박한동
홍 보 정연순
등 록 2000년 3월 7일 제2-3037호
주 소 05052 서울특별시 광진구 자양로 56(자양동 680-25) 2층
전 화 (02)455-3987 팩스(02)3437-5975
홈주소 www.yeoninmb.co.kr
이메일 yeonin7@hanmail.net

값 15,000원

ⓒ 이근후 2018 Printed in Korea

ISBN 978-89-6253-210-4 03810

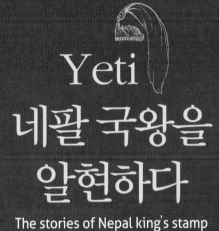

Yeti

네팔 국왕을
알현하다

The stories of Nepal king's stamp

이근후 · 아룬 란잣 · 안종만 지음 | 임강섭 역

연인M&B

Kamal Prasad Kolrala
(Former Ambassador of Nepal
to the Republic of Korea)

Mr Kun hoo Rhee is great friend and welwisher of the Nepali people. He visits Nepal almost every year. He organizes cultural, literal, and Art exchange events in Seoul and Kathmandu. He has published many books about Nepal, Nepali Art, Stamps and other subjects. He is again publishing a book containing Nepal's Stamps which show the the Kings of Nepal. I am very pleased to write about Mr Kun Hoo Rhee's book again. It will again give information and glimpses of Nepal. I wish every success for the great friend and welwisher of the Nepalese people Sincerely.

Kamal Prasad Koirala
Former Ambassador of Nepal to the Republic of Korea

카말 프라사드 코일라라
(초대 주한 네팔대사)

이근후 교수님은 네팔 사람들의 좋은 친구이자 지지자입니다. 그는 거의 매년 네팔을 방문합니다. 그는 서울과 카트만두에서 열리는 문화, 문학 및 예술 교류 행사를 주최합니다. 그는 네팔, 네팔 예술, 우표 및 기타 주제에 관한 많은 책을 출간했습니다. 그는 이번에 네팔의 왕에 관한 네팔 우표책을 다시 출간하려고 합니다. 이번에 이근후 교수님의 또다른 책에 관한 서평을 쓰게 되어서 너무나 기쁩니다. 이 책을 통해 네팔에 대한 정보와 경험이 다시 널리 퍼지게 될 것입니다. 나는 네팔 사람들의 위대한 친구이자 지지자인 교수님의 성공을 기원합니다.

카말 프라사드 코일라라
초대 주한 네팔대사

이근후
(저자 · 이화여대 명예교수)

이 책은 내가 기획한 네팔 문화 시리즈 10권 중 9번째로 나오는 책이다. 그리고 네팔 우표를 중심으로 쓴 에세이집으로 3번째 출간하는 책이다. 네팔은 한국 사람들에게 히말라야산맥이 있는 산악국으로 더 많이 알려져 있다. 그래서 먼저 네팔을 찾은 한국 사람들은 등반가들이다. 나도 1982년 마칼루 학술원정대의 일원으로 참여한 것이 네팔과의 인연이다.

당시에 많은 산악인들은 히말라야에 대한 지식은 많았지만 네팔의 사회 문화에 대한 지식은 상대적으로 많지 않았다. 나는 그때부터 네팔의 높은 문화를 어떻게 하면 한국 사람들에게 알릴 수 있을까 고심을 하다가 네팔 문화 시리즈란 이름으로 에세이집을 발간하기로 마음먹었다. 이런 작은 마음의 결집이 이제 9번째 책으로 탄생하게 되었으니 감회가 크다.

지금의 네팔은 1982년에 비해 정치 · 사회 · 문화 · 경제적 여러 분야에서 큰 발전을 이루고 있음은 기쁜 일이다. 『yeti 네팔 국왕을 알현하다(The Stories of Nepal King's Stamp)』는 네팔 국왕 트리부반, 마헨드라, 비렌드라, 갸넨드라 시기에 발행한 우표를 중심으로 아룬 란짓이 쓴 역사적 사실들이다. 네팔의 근대사를 조명해 보는 기회가 되었다.

이 책은 또한 한국과 네팔 우취인들의 희망에 따라 영문판과 한국 번역본을 함께 출간한다. 양국 우취인들은 물론 우표를 사랑하는 세계 여러 나라 우취인들의 사랑을 받았으면 좋겠다.

네팔 문화 시리즈 1권부터 9권까지 모든 책의 서문으로 축하를 해 준 카말 프라사드 코일라라(Kamal Prasad Koirala) 초대 주한 네팔대사님께는 존경하는 마음으로 감사를 드린다. 이 책이 나오도록 음으로 양으로 도와주신 많은 분들께도 감사를 드린다. 출판의 어려운 사정에도 불구하고 네팔 우표 에세이집을 3권이나 출간해 준 연인M&B 대표 신현운 시인께 깊은 감사를 드린다.

"네팔은 경제개발도상국이지만 문화 선진국이다." 이 책을 읽는 많은 독자들은 나의 이 한결같은 주장에 동의해 주실 것을 기대한다.

Kun Hoo Rhee
(Author : Emeritus Professor of
Ewha Womans University)

This book is the ninth book of my 10 book series on Nepalese culture. It is also the third book published as collection of essays on Nepalese stamps. To many Korean people Nepal is known as a mountainous country in the Himalayas and Koreans who visited Nepal were mostly mountain climbers. I joined the Makalu expedition to Nepal in 1982 as an academic member. At the time, many mountaineers had very good knowledge of the Himalayas, but the knowledge of the social and cultural side of Nepal was relatively limited.

From that time I wanted to introduce the rich culture of Nepal to the Korean people and decided to publish a collection of essays under the name "Nepalese Culture Series". There is a great deal of relief as this small gathering of my efforts is now born as the ninth book of the series.

I am very happy that Nepal is has made a great progress in politics, society, culture and economics as compared to 1982. "Yeti-The Stories of Nepal King's Stamp" are historical facts written by Arun Ranjit, and centered on stamps of the Nepalese Kings Tribhuvan, Mahendra, Birendra, and Gyanendra. It has been a good opportunity for me to give light to the modern history of Nepal.

This book is published in English and Korean as per the wishes of Korean and Nepalese philatelists. I hope I will receive much love from both Korean and people from many countries who love stamps.

I would like to express my sincere gratitude to Ambassador of Nepal to Korea Mr. Kamal Prasad Koirala who congratulated us by writing the preface in all the volumes 1 to 9 in Nepal Culture Series. I am also grateful to many of you who helped me with this book. I am deeply grateful to the poet Shin Hyun-Un, president of M&B for publishing three books on the Nepal Stamp Collection Series despite difficult circumstances.

"Nepal, though is an economically developing country, it is a culturally advance country." Many readers of this book I hope will agree with me on this claim.

차례(CONTENTS)

4 Few Word | Kamal Prasad Kolrala
5 축하의 말 | 카말 프라사드 코일라라

6 네팔 문화 시리즈 제9권을 내면서 | 이근후
8 A few words for Nepal Culture Series No. 9 | Kun Hoo Rhee

16 Sort Message | Arun Ranjit
19 축하의 말 | 아룬 란짓

22 네팔 국왕 우표 글을 쓰면서 | 안종만
24 Writing a Nepalese king stamp | Chong Man Ahn

26 번역본을 내면서 | 임강섭
28 A few words for translation | Kang Sub Yim

30 A SHORT LATEST SHAH HISTORY OF NEPAL | Manoj Kumar Shrestha
36 네팔 샤 왕조의 간략한 역사 | 마노즈 슈레스타

41 The Political Meaning of King Tribhuvan | Ganga Thapa
51 트리부반 왕의 정치적 의미 | 강가 타파

58 Brief King Story | Milan Ratna Shakya
64 왕들의 이야기 | 미란 라트나 샤키아

1장 트리부반 왕(King Tribhuvan Bir Bikram Shah)

카트만두 네팔의 수도 선언	73
샤 왕조의 가장 뛰어난 왕	75
친 자매 왕비를 둔 왕	77
인도 뉴델리로 망명	79
극적인 3자협약, 네팔로 귀국	81
네팔의 민주화 선언	83
네팔어, 네팔 공식 언어 지정	85
세계보건기구(WHO) 가입	87
48세의 나이로 별세	89
첫 상업은행, 네팔은행 설립	91
인도·네팔 평화우호조약 체결	93
네팔 최초의 대학 트리부반대학 설립	95
마헨드라(Mahendra) 왕과 라트나(Ratna) 왕비	97
네팔 민주화 10주년 기념	99
네팔 민주주의 50주년 기념	101
트리부반(Tribhuvan) 왕의 64세 생일 기념	103
국가기념일, 트리부반(Tribhuvan) 왕	104

2장 마헨드라 왕(King Mahendra Bir Bikram Shah)

마헨드라(Mahendra) 왕 내셔널 드레스   109

마헨드라(Mahendra) 왕 41세 생일 기념   115

마헨드라(Mahendra) 왕과 에베레스트산   117

마헨드라(Mahendra) 왕 42세 생일 기념   119

마헨드라(Mahendra) 왕과 히말라야 산봉우리   121

마헨드라(Mahendra) 왕 43세 생일 기념   123

마헨드라(Mahendra) 왕 레귤러(Regular) 시리즈   125

마헨드라(Mahendra) 왕 레귤러(Regular) 시리즈   127

마헨드라(Mahendra) 왕 레귤러(Regular) 시리즈   129

마헨드라(Mahendra) 왕 44세 생일 기념   131

판차야트 시스템(Panchayat, 지방자치조직) 기념   133

마헨드라(Mahendra) 왕 45세 생일 기념   135

지도에 나타난 동서고속도로   137

마헨드라(Mahendra) 왕 46세 생일 기념   139

마헨드라(Mahendra) 왕 네팔의 민주주의 날 기념   141

마헨드라(Mahendra) 왕 47세 생일 기념   143

마헨드라(Mahendra) 왕 네팔적십자 엠블럼   145

칸티(Kanti) 왕비 60세 생일 기념   147

라트나(Ratna) 왕비와 함께하는 제3회 어린이날 기념   149

마헨드라(Mahendra) 왕 48세 생일 기념   151

판차야트(Panchayat), 농촌으로 돌아가자 캠페인   153

제4회 어린이날 기념, 라트나(Ratna) 왕비   155

세계스카우팅 60주년 기념   157

전국청소년축제 기념, 비렌드라(Birendra) 왕세자   159

마헨드라(Mahendra) 왕 49세 생일 기념   161

제5회 어린이날 기념, 라트나(Ratna) 왕비   163

비렌드라(Birendra) 왕 19세 생일 기념   165

네팔의 UN 안전보장이사회 승인 기념   167

마헨드라(Mahendra) 왕 50세 생일 기념   169

제16회 어린이날 기념, 라트나(Ratna) 왕비   171

마헨드라(Mahendra) 왕 51세 생일 기념   173

비렌드라 왕세자와 아이슈와랴 세자비의 결혼 기념   175

제17회 어린이날 기념, 라트나(Ratna) 왕비   177

마헨드라(Mahendra) 왕 52세 생일 기념   181

제18회 어린이날 기념, 라트나(Ratna) 왕비   183

마헨드라 야얀티라(Mahendra Jayanti)   185

3장 비렌드라 왕(King Birendra Bir Bikram Shah)

비렌드라(Birendra) 왕 28세 생일 기념   189

비렌드라(Birendra) 왕 29세 생일 기념   191

비렌드라(Birendra) 왕 30세 생일 기념   193

비렌드라(Birendra) 왕 대관식   195

비렌드라(Birendra) 왕 32세 생일 기념   197

비렌드라(Birendra) 왕 33세 생일 기념   199

비렌드라(Birendra) 왕 34세 생일 기념   201

비렌드라(Birendra) 왕 35세 생일 기념   203

비렌드라(Birendra) 왕 36세 생일 기념   205

비렌드라(Birendra) 왕 37세 생일 기념   207

비렌드라(Birendra) 왕 38세 생일 기념   209

비렌드라(Birendra) 왕 39세 생일 기념   211

비렌드라(Birendra) 왕 40세 생일 기념   213

비렌드라(Birendra) 왕 41세 생일 기념   215

비렌드라(Birendra) 왕 42세 생일 기념   217

비렌드라(Birendra) 왕 43세 생일 기념   219

비렌드라(Birendra) 왕 44세 생일 기념   221

디펜드라(Dipendra) 왕세자 18세 생일 기념   223

비렌드라(Birendra) 왕 45세 생일 기념   225

비렌드라(Birendra) 왕 46세 생일 기념   227

디펜드라(Dipendra) 왕세자   229

비렌드라(Birendra) 왕 새 헌법제정일 기념   231

비렌드라(Birendra) 왕 48세 생일 기념   232

비렌드라(Birendra) 왕 49세 생일 기념   235

비렌드라(Birendra) 왕 50세 생일 기념   237

비렌드라(Birendra) 왕 51세 생일 기념   239

비렌드라(Birendra) 왕 52세 생일 기념   241

비렌드라(Birendra) 왕 53세 생일 기념   243

비렌드라(Birendra) 왕 54세 생일 기념   245

비렌드라(Birendra) 왕 55세 생일 기념   247

비렌드라(Birendra) 왕 56세 생일 기념   249

아이슈와랴(Aishwarya) 왕비 생일 기념   250

비렌드라(Birendra) 왕 57세 생일 기념   253

비렌드라(Birendra) 왕 그림 〈Moti(진주)〉   255

고 비렌드라 왕과 고 아이슈와랴(Aishwarya) 왕후   257

4장 가렌드라 왕(King Gyanendra)

가넨드라(Gyanendra) 왕   260

가넨드라(Gyanendra) 왕 57세 생일 기념   263

라트바(Ratna) 왕비의 골든 주빌리   267

코말 라자(Komal Rajya) 왕비   268

● **Sort Message**

Arun Ranjit
(President Nepal–Korea Cooperation Council &
Managing Editor The Rising Nepal(English daily))

This book about the postage stamps being issued by the Government of Nepal dedicating to the Kings and Queens of Nepal hopefully will be a part of Nepalese history.

Despite being involvement in his medical profession he has also been working for the promotion of the art, culture and literature of Nepal in Korea. Since being in contact with Professor Dr. Kun Hoo Rhee longtime back I have been helping Professor in many aspects. Working with him has definitely rewards me both a proud and pride.

Though, I have written many forewords and literature for his previous books about Nepal an octogenarian Professor Dr. Rhee has urged me to cooperate in this books which is a very typical in kind. Within a second of his proposal I gave him a green signal with thumbs up thinking that I should cooperate in his mission that promotes Nepal even working at the age of early 90s.

So, I have written all the materials of the kings and queens in English language of which Professor Dr. Rhee has translated into the Korean language. Tracing all parts of history is not an easy job. So, after devoting nearly over nine months the book has come into a shape.

Postage stamps have for nearly 200 years been key enablers of a system that links humans by physical messages. But beyond their role as facilitators of communication, stamps themselves carry messages embedded in their usage and imagery. Functionally, stamps signify that appropriate payment has been made for the service of transporting a letter. Symbolically, stamps express meaning for a variety of actors, can carry personal meaning too, as connectors to one's own past and as objects collected by a loved one and passed down as heirlooms.

The factors that make a stamp valuable are condition, initial rarity and demand as well as a crisp impression, striking color, perfect centering, even perforations and unblemished gum on the back are important while generally a mint stamp is worth more than a used one. But in the world, stamps aren't just about history, they also provide insight into a country's concerns.

Keeping this fact in mind, the professor and myself has taken initiative in bringing out a collection of Nepal's legendary stamps book to acquaint the international community. Efforts have been made to make this volume interesting to the general reader who desires to know something about the Shah Dynasty that unified and ruled Nepal for the last 240 years, often through bloodshed, came to a peaceful end on May 28, 2008. If the rise of the Shahs was spectacular, so was their downfall. In modern history, hardly any monarchy has been abolished either through the ballot or so peacefully. The story of the Shah Dynasty, stretching over a period of over 450 years, is a saga of both triumph and tragedy.

This book is a joint work of Professor Dr. Rhee Kun Hoo and myself both of whom are authors of various credits. After unstinting efforts have made the publication of this book possible.

Within my own constraints, competence and limitations, I have done my best to make a humble contribution to the Nepalese stamp literature arena making interesting and informative enough for native and foreigners about the gone history of Nepal.

I acknowledge my sincere thanks and offer gratitude to Professor Dr. Kun Hoo Rhee for rewarding me to join hands with him to bring out this collection be an agreeable Korea-Nepal souvenir to the people of both the countries as well as to all the readers.

Thank you.

아룬 란짓
(네팔–한국협동회의 의장 ·
영자신문 The Rising Nepal 편집장)

네팔의 왕과 왕비에 관한 네팔 우표에 관한 이 책은 네팔 역사의 일부가 될 중요한 자료가 될 것입니다.

그는 의료계에 종사하고 있음에도 불구하고, 한국에서 네팔의 예술, 문화 및 문학을 홍보하는데 많은 기여를 해 왔습니다. 오래전 이근후 교수님과 친분을 맺은 이후로 저는 여러 면에서 교수님을 돕고 있습니다. 그와 함께 일하는 건 제게는 너무나 자랑스러운 일입니다.

네팔에 관한 그의 이전 저서에서도 여러 번 서문을 써 왔었지만, 이근후 교수님은 이 책에서도 협조를 부탁하셨습니다. 그의 부탁을 듣자마자 저는 80대 초반의 연세에도 네팔을 알리기 위해 노력하시는 교수님을 도와드리기로 결정했습니다.

그래서 저는 왕과 왕비에 관한 모든 자료를 영어로 쓰고 이근후 교수님은 그걸 다시 한국어로 번역하셨습니다. 역사의 모든 순간을 추적하는 것은 쉬운 일이 아닙니다. 그래서, 거의 9개월 이상을 노력한 결과 이 책은 완성이 되었습니다.

지난 200년 동안 우표라는 물리적 메시지를 통해 인간들을 서로 연결하는 시스템이 가능케 되었습니다. 그러나 우체국은 단순한 통신기능의 역할을 넘어 실제사용에 포함된 메시지를 전달하는 역할을 합니다. 기능상 우표는 편지를 배송하는 서비스에 대해 적절한 지불의 의미를 나타냅니다. 하지만 그외에 우표는 상징적으로 다양한 개인적인 의미도 전달할 수 있습니다. 우표를 통하여 자신의 과거와의 연결 고리로, 사랑하는 사람이 수집하는 대상으로, 또 가보로서 보존되는 대상이기도 합니다.

우표를 귀중하게 만드는 요소에는 강렬한 인상, 눈에 띄는 색상, 완벽한 센터링, 천공, 뒷면의 풀뿐만 아니라 상태, 초기 희소성과 인기도가 중요합니다. 일반적으로 미사용 우표가 사용제 우표보다 더 가치가 있습니다. 그러나 세계에서 우표는 단지 역사에 관한 것뿐 아니라 국가의 관심사에 대한 통찰력을 제공하기도 합니다.

이 사실을 염두에 두면서, 이 교수님과 저는 네팔의 전설적인 우표들을 국제 사회에 알리기 위해 이 일을 시작하기로 했습니다. 지난 240년 동안 네팔을 통일하고 통치한, 때로는 유혈사태도 있었지만 마침내 2008년 5월 28일 평화적으로 끝난 샤 왕조에 관해 알고 싶어하는 일반 독자들에게 흥미를 주기 위해 노력했습니다. 샤 왕조의 부흥은 정말 극적이었고, 그들의 몰락 또한 마찬가지였습니다. 현대사에서 투표를 통하거나 평화롭게 폐지된 왕국은 거의 없었습니다. 450년이 넘는 세월 동안의 샤 왕조 이야기는 승리와 비극의 대하소설입니다.

이 책은 이근후 교수님과 여러 글들 저자인 저 자신의 공동 작업입니다. 아낌없는 노력으로 이 책의 출간이 가능하게 되었습니다. 제 자신의 역량 및 한계 내에서, 네팔의 역사에 관심을 보이는 네팔인과 외국인에게 충분히 흥미롭고 유익하게 네팔 우취 문헌을 소개하기 위해 최선을 다했습니다.

저를 같이 참여할 수 있게 해 주신 이근후 교수님께 다시 한 번 감사드리며 한국과 네팔 양 국민과 독자들에게 감사드립니다.

고맙습니다.

● 네팔 국왕 우표 글을 쓰면서

안종만
(대한우표회 회장, 런던왕립우취회 회원)

이근후 교수님은 2014년 6월 '예띠'라는 닉네임으로 아름다운 네팔을 소개하시겠다면서 9천 8백여 명의 회원을 가진 온라인 카페 '우표를 사랑하는 사람들'^(http://cafe.naver.com/philatelyst)에 들어오신 후, 고정칼럼 'Yeti 이근후님의 네팔 우표 이야기'를 통해서 꾸준히 네팔의 역사와 문화를 알리시면서 우표와 FDC를 비롯한 우취 자료는 물론 네팔 관련 그림엽서 등을 무료로 나누어 주고 계십니다.

저는 '우사사' 온라인 상에서 네팔 사랑을 실천하시는 예띠 선생님과 좋은 인연을 맺었습니다. 그리고 예띠 선생님의 네팔 산 우표 이야기 책 『Yeti 히말라야 하늘 위를 걷다^(The Himalayas on Nepal Stamps)』 출간에 우표 관련 부분을 도와드렸습니다. 특히 이 책은 2016년 10월 타이완 타이페이에서 열린 세계우표챔피언십십전시회^(PHILATAIPEI2016) 문헌 부문에 출품해서 은동메달^(Bronze Medal)을 수상했습니다.

1982년 히말라야 마칼루 학술원정대의 일원으로 네팔에 첫발을 디디신 후 현재까지 매년 의료봉사를 비롯한 문화 교류에 열정을 쏟고 계신 이근후 교수님께서는 2017년에 네팔 꽃 우표 이야기를 담은 책『Yeti 네팔 한국 꽃 우표를 가꾸다』를 내신데 이어 이번에 아홉 번째로 쓰시는 네팔 문화 시리즈『Yeti 네팔 국왕을 알현하다』책 발간에 제가 우표에 관련된 원고를 쓰게 된 것을 영광으로 생각합니다. 이 책에서 소개하는 127장의 우표들은 대부분 이 교수님께서 지난 30여 년간 네팔을 가실 때마다 직접 현지 우체국을 방문하셔서 사 가지고 오신 보통우표와 기념우표 중에서 네팔 국왕과 왕비를 주제로 한 것입니다.

우표 관련 내용은 네팔 우표번호와 스카트 우표번호를 표시하고 우표 명칭과 발행일, 액면가격, 색깔, 우표크기, 천공, 전지구성, 발행량, 디자이너, 인쇄처 등을 실었습니다. 우표 관련 자료들은 2015년 8월 네팔우정청에서 발행한『네팔 우표목록』(1881~2014)을 비롯한『네팔 우표도감』(1881~2015, 찬드라 쿠마 샤팟 씨와 디팍 마난드하르 씨 공동편찬),『네팔 우취와 네팔 우표에 대한 이해』(하다얄 싱 굽타 지음, 1997) 등을 인용 또는 참고로 했으나 부족한 점이나 고쳐야 할 부문이 있음을 부인하지 않겠습니다. 앞으로 독자 여러분 특히 네팔 우표를 사랑하시는 네팔 우취인들께서 많이 지적해 주시면 감사하겠습니다.

끝으로 저의 작은 노력이 네팔 우취 발전에 조금이라도 도움이 되기를 바랍니다.

Chong Man Ahn
(President of the Korean Philatelic Society,
Member of the Royal Philatelic Society London)

In June 2014, Professor Lee Kun Hoo, with nickname Yeti, joined online cafe 'People who love stamps'[(http://cafe.naver.com/philatelyst)], with over 9,800 members, to introduce the beautiful country of Nepal. The regular column 'Yeti, Lee Kun Hoo's Nepal's Postal Story'tells the history and culture of Nepal and gives away free postage stamps, FDC, and other postcards of Nepal to the members. I have a warm relationship with Mr. Yeti who has immense love for Nepal. I also helped Mr. Yeti with the publication of his book called 'The Himalayas on Nepali Stamps'. This book was awarded the silver bronze medal in the World Postage Stamp Competition Exhibition [(PHILATAIPEI2016)] held in Taipei, Taiwan in October, 2016.

As a member of the Himalayan Makalu Expedition in 1982, he made his first visit to Nepal. Since then, he has been devoting his time to cultural exchanges and yearly medical services to Nepal. Professor Lee Kun-Hoo wrote a book about the flower stamp of Nepal in 2017 titled 『Yeti: Nepal-Korea Flower Stamps』. I am honored to have been given this opportunity to write in this ninth book of the cultural series titled 『Nepal Kings Postage Stamp』. Most of the 127 definitive stamps and commemorative stamps he collected during his many visit to Nepal in the last 30 years are introduced in this book and are about the Nepalese kings and queens.

Information related to stamps e.g. Nepal stamp number, scart stamp number, stamp name, issue date, face value, color, stamp size, perforation, configuration, volume, designer, printer are included.

The information related to postage stamps is compiled from catalogue published by the Nepal Postal Service in August 2015 titled 『Nepalese Stamps 1881 to 2014』, 『including the Nepalese Stamps』 (1881 to 2015) (co-edited by Chandra Kumar Shapit and Deepak Manandhar) and 『Understanding Nepalese Philately and Nepalese Stamps』 (Hadar Singh Gupta, 1997) I will not deny that there may be deficiency or mistakes that needs to be corrected and would appreciate if pointed out by the readers and especially the lovers of Nepalese stamps.

Finally, I hope that my small effort will help even a little in the development of the Nepalese Philately.

임강섭
(재미 우취인 · 공학박사)

 인생을 살다 보면 여러 종류의 사람들과의 관계를 맺게 된다. 그리고 그 수많은 인간관계의 대부분은 내가 걸어온 삶의 무대를 같이 공유하면서 시작되는 경우가 많다. 이 넓은 세상에서 한 개인이 다다를 수 있는 활동 범위의 한계를 생각하면 지극히 당연하다고 할 수 있을 것이다. 그렇게 볼 때 이근후 교수님과 나와의 만남은 정말 보기 드문 인연이 아닐까 싶다. 교수님과 나는 그 어떤 공통분모도 없기 때문이다. 학교도 다르고, 전공도 다르고, 하는 일도 다르고, 같은 지역에서 머무른 적도 없고, 심지어 부모 자식 이상의 연배 차이도 난다. 어디를 봐도 교수님과 내가 인생에서 서로 마주칠 가능성은 전혀 없어 보인다. 하지만 몇 년 전 아주 우연히 우취라는 공통 취미를 다루는 인터넷 카페에서 처음 댓글로 인사드리고 난 후, 메시지를 드리고, 이메일을 쓰고, 직접 만나 차를 마시고 대화를 나누면서, 결국 이렇게 교수님의 작업을 도와드리는 일까지 하게 되었으니. 혹시 교수님과 나는 전생에 절친이나 연인(?)이 아니었을까 라는 엉뚱

한 상상까지 하게 된다.

 교수님의 번역 부탁을 듣고 처음에는 많이 망설였다. 미국에 20여 년 살고 있기는 하지만, 기껏 아는 영어야 전공 관련 분야 또는 일반 생활영어 수준이기 때문이었다. 특별히 영어 전공도 아니고, 정식으로 번역을 공부해 본 적은 더더욱 없는 내가 번역이라는 일을 할 수 있을까 라는 의구심을 가지기도 했다. 하지만 네팔에 대한 교수님의 열정과 애정을 너무나 잘 알기에, 미력하나마 교수님을 도와드리고 싶다는 순진한 생각에 작업을 맡기로 했다.

 사실 번역하면서 가장 어려웠던 점은 영어 자체보다는, 네팔 고유의 문화나 역사적 배경이 낯설었다는 점이다. 원글의 많은 부분이 네팔의 역사와 불교·힌두 문화에 관련된 내용이 많았고, 또한 길고 복잡한 고유명사(인물·지명·자연 등) 또한 번역을 더욱 힘들게 하는 부분이기도 했다. 그럴 때마다 인터넷을 뒤져 가며 공부해 가면서 한 구절 한 구절 번역을 완성해 나가곤 했다.

 번역을 마치고 나니 끝났다는 후련함과 함께 한편으로는 걱정도 밀려온다. 무엇보다 원저자분들의 원래 의도를 제대로 전달했는지, 그리고 교수님의 네팔과 네팔 역사·우취 소개에 대한 열정에 누가 되지는 않았는지에 대한 우려였다. 이 책을 통해 우리나라에 아직까지는 생소한 네팔이라는 나라의 역사와 문화가 좀 더 알려지고, 이근후 교수님의 네팔 사랑에 함께하는 독자들이 좀 더 많아지고, 또 우표수집·우취라는 신세대에게 생소한 취미생활이 좀 더 관심받게 되기를 간절히 소망해 본다.

Kang Sub Yim
(Ph.D, lowkmail@gmail.com)

In life, we have relationships with various kinds of people. And many of those many relationships begin with some kind of common things. I think that the relationship between professor Lee and I would be a little rare case because we have no common overlap at all. We are from different schools, different majors, different jobs, never stayed in the same area, and even so big generation gap. However, a few years ago, I happened to see his posting in the internet stamp community. Since then, we've exchanged a message, written an email, discussed philately, and met in real world.

At first I hesitated when I heard the professor's request to translate his book. Although I have been living in the United States for 20 years, my English is very limited to my work-related or just everyday life.

However, since I know the professors' enthusiasm and affection for Nepal so well, I decided to take this job to help him.

In fact, the most difficult part in translating is not English languate itself, but unfamiliar Nepal's culture and historical backgrounds. Much of the text was related to Nepalese history and Buddhist / Hindu culture. Long/complicated proper nouns (person·place·nature) also made the translation more difficult. After finishing the translation, I was also worried whether the original intentions of the authors were properly conveyed.

Through this book, I really wish that readers can learn more about the history and culture of Nepal which is still unfamiliar with Korean, join with Prof. Lee's love to Nepal, and be more friendly to philately.

● A SHORT LATEST SHAH HISTORY OF NEPAL

Manoj Kumar Shrestha
(Principal, Future Star English Secondary
School, Chhauni, Kathmandu, Nepal)

Nepal is multiethnic, multicultural, multilingual, multi-religious, multiracial country lies between the two Giants India and China. About 11,000 years ago people from Mongolia and Dravidian region came to Nepal, in the Himalayan region and Terian Jungles according to the Neolithic tools. Gopal, Ahir, Kirat, Lichchavi and Malla ruled over in the central Nepal, present Kathmandu Valley before 250 years. Shah Dynasties ruled over in Nepal after the Unification of modern Nepal by the Great King Prithvi Narayan Shah, the King of then-Gorkha state in the west of Kathmandu. He ruled over from[Sept. 25th , 1768] 1825 BS in Nepal. He unified the then small 22- 24 states all over the modern Nepal.

He fought to unify the more states and reached to the present

Indian land to both the west up to Kangada and East up to Tista river. Likewise he fought with Tibetan Army too. He defeated to the military force sent by British East India Company during Sindhuli attack. After Anglo-Nepal war[1814-16 AD], Nepal signed in the Sugauli Sandhi[treaty] with British East India Company, which made Nepal in Trap now and opposing many political parties in the present days. The kingship in Nepal during Shah Dynasty in 2007 April collapsed in the ruling period of King Gyanendra .

There were 12 Shah Kings ruled over in Modern Nepal for 238 years. They faced the autocratic obstacles of Rana Prime-ministers with huge power instead of kings due to internal conflict of royal family. Prime-minister Jung Bahadur Rana was clever and he titled himself Shree Teen right after Kings whereas kings were shree panch the most respected in the country having Maharajadhiraj whereas Ranas named themselves Maharaja. He established the tight rules to get marry only with the Shahs to control the power in the nation. Prime-minister also started to continue the family ruling system only from Ranas. The nine Rana rulers ruled over in the The Kingdom of Nepal very cruelly in the fascist way. The Shah Kings were only very constitutional like the statue without power.

As the world was started to be relieved from the colonization system of powerful nations after the Great War in 1945, the international influence was seen in Nepal too. Nepalese people also learnt from the great wars, international connections, awareness of the youngsters and the influence in the two neighboring countries, India and China.

India became independent from British East India Company and China became free from Japanese rulers. Nepalese people started to be organized politically and started to put secret relationship in the royal palace with then King Tribhuwan.

He was informed the real picture of Nepal and her people and suggested to fight against Ranas' cruel autocracy over ordinary people. In 1951 AD Nepal could be successful to collapse the Rana Rule by the Democratic Revolution. The king Tribhuwan contacted to the newly established political parties viz, Nepali Congress, Communist Party of Nepal, Rastriya Prajaparishad, etc through the ordinary people to fight against the dictator Rana regime.

Under the leadership of Nepali Congress leader B. P. Koirala the N. C.'s Liberation army led the people's war in the favor of king for the benefit of nation and the people. As the result King Tribhwan flew to Delhi, India leaving the grand son Prince Gyanendra Shah in his maternal uncle's house. He was kept in the thrown in 2.5 years of his age. After coming back from Delhi, Tribhuwan declared the democracy collapsing the The Rana regime after 104 years. As Tribhuwan became successful to quit the Rana monarchy, then Crown Prince Mahendra Shah , who was clever, thoughtful, bold and farsighted, he was observing the political activities in the country.

All the political parties could not work for the people and nation. They also wanted to be super power like Ranas but people were following the modern systems. Many Prime-ministers were changed within 8 years, which became the proof of unstable political situation. In 1958 February, there was General Election held following the democratic norms and Nepali Congress Party got the majority but it could govern even for 2 years completely because the King Mahendra could not accompany.

The Democratic system was hit by the King Mahendra in 16th December 1960 and all political parties were band. Panchayat System arose, which also became cruel and fascist. Neither political parties nor civil society could raise the voice against King, Panchayat System, which was partyless means all parties were illegal.

It worked for 30 years in Nepal. But King Mahendra died in 1971, February. Crown Prince Birendra became King after some days. The High school and University students, Youngsters under the political parties' direction agitated strongly against the kingship and Panchayati System in 1979 and King Birendra announced the referendum to choose either Reformed Panchayat System or Multi-party Democratic System forthe nation. In 1980 the referendum showed the result in favour of Panchayat System but political activities were grown in the nation. As a result anti-panchayati leaders also took part in the Parliamentary elections and won in Kathmandu, Pokhara, Jhapa and in many other parts of the nation. The popular people's movement[1] was occurred in 1989, which became the cause of collapse of the Fascist Panchayat System after 30 years in Nepal.

To some extent, the King Birendra could analyze the people's view, so he declared the multiparty democratic system in Nepal but he was under pressure from royal family and extreme royalists. The ordinary people's economic, political, academic and more than all situations were poor, so this system also considered as the barrier for the benefit of the people. In another hand, Communist Party of Nepal(Maoist) announced the people's war in 1994 February. The country fell into the conflicts and went Maoists insurgency for 10 years. In 2001 May, there was inhuman Royal Massacre in the Narayanhity Royal Palace during an occasion of royal regular dinner on Friday. Except King Gyanendra's family and the great queen(step mother), King Birendra, queen Aishwarya, Crown Prince Dipendra, Prince Nirajan, Princess Shruti and her daughters and many more royal family members were murdered within some moments.

State of Emergency was declared. Prime Minister Girija Prasad Koirala, and many other political leaders were also in house-arrest. The Dead body, crown prince Dipendra also announced as the King for 24 hours in the nation. Gyanendra became King second time after 51 years. Due to Royal massacre Nepalese people were not in favor of the King Gyanendra and the warfare, political parties were also unsatisfied and came into one table for the peace process. Therefore the Popular People's Movement(II) was started in 2005 March and all the political parties, civil society, students and all ordinary people came together for the movement of change in the country. In 2006 May , The Kingdom of Nepal converted in to The Republic of Nepal. Thus the kingship in Nepal was collapsed forever.

In this way King Tribhuwan just established the democratic seed into the nation. He contributed to upgrade the people's standard with establishing schools, colleges, mills, roads, etc. King Mahendra tried to show his own philosophical midway path for the people and nation but the Panchayat system and its organs ' Back to the Village National Campaign', 'Panchayat Palicy and Investigation Committee' and all Bureaucracy played the negative role and this system became unpopular in the country which made fail in course of politics. King Birendra was comparatively liberal to his father but he could not face peak -confliction to tackle in the Royal family.

The insurgency of CPN$^{(Maoist)}$ in the nation reached to the peak and rural areas' people also became conscious. In such surrounding, the Royal Massacre became the route cause to fall down the monarchism whereas King Gyanendra could not show his skills to rule over. As a result all parliamentary political parties came into one table to reinstate the Multiparty Democracy in Federal Republican system with inclusiveness in the nation. Now our country is The Federal Republic of Nepal since The Constitution of Nepal was promulgated in 2015 September 20.

● 네팔 샤 왕조의 간략한 역사

마노즈 슈레스타
(Future Star English Secondary School 교장)

　네팔은 다민족, 다문화, 다언어, 다종교, 다인종 국가로 두 대국인 인도
와 중국 사이에 위치해 있다. 약 1만 1천 년 전 몽골과 드라비다 지역의 사
람들이 히말라야 지역과 테리안 정글에 위치한 네팔로 신석기 시대의 도구
를 갖고 이주했다. Gopal, Ahir, Kirat, Lichchavi 및 Malla족들이 250년
전에 지금의 카트만두 계곡의 중앙 네팔 지역을 지배했다. 샤(Shah) 왕조
는 그당시 카트만두 서부의 고르카(Gorkha) 지역의 왕이었던 Prithvi 대왕
이 현대 네팔 통일 이후 네팔 지역 전체를 통치했다. Prithvi 대왕은 네팔력
1825년(서기 1768년 9월 25일)부터 네팔을 통치했다. 그는 지금의 네팔 전역에 걸
쳐 있던 작은 22~24개 주를 통일했다.

　그는 더 많은 주를 통일하기 위해 싸웠고 마침내 지금의 인도 땅인 서
쪽의 Kangada와 동쪽의 Tista강까지 도달했다. 마찬가지로 그는 티베
트 군대와도 싸웠다. 그는 Sindhuli 공격 중에는 영국의 동인도회사가 보
낸 군대를 물리치기도 했다. 하지만 앵글로-네팔 전쟁(1814~16년) 이후, 네팔

은 영국의 동인도회사와 Sugauli Sandhi 조약에 서명함으로써, 네팔은 덫에 빠지게 되고 현대의 많은 정치적 정당들을 반대하게 된다. 가넨드라(Gyanendra) 왕의 집권 시기였던 2007년 4월 네팔의 Shah 왕조는 마침내 그 종말을 맞게 되었다.

지난 238년 동안 현대 네팔에는 12명의 Shah 왕조의 국왕들이 있었다. 그들은 왕실의 내부 갈등으로 왕 대신 거대한 권력을 가진 라나 수상들의 독재라는 장애물에 직면했다. Jung Bahadur Rana 수상은 영리했고 그는 자신을 Maharaja라고 불리우는 Shree Teen 직위로 불렀다. 반면 국왕에게는 Maharajadhiraj를 갖는 국가에서 가장 높은 shree panch라고 불렀다. 그는 국가 권력을 통제하기 위해서, Shah 왕실 사람하고만 결혼할 수 있는 엄격한 규칙을 세웠다. 또한 수상은 무조건 라나 가문에서만 나올 수 있는 가족 통치 체제를 계속했다. 9명의 라나 통치자들은 파시스트 방식으로 네팔 왕국을 매우 잔인하게 지배했다. 샤 왕조의 국왕들은 권력이 없는 동상과 같은 단지 헌법상의 존재였다.

1945년 2차 세계대전이 끝난 후 전 세계에서 강대국의 식민지 체제에서 벗어나려는 움직임이 시작되면서, 네팔에서도 이러한 국제적인 흐름이 나타났다. 네팔 국민은 또한 2차대전, 국제 관계, 젊은이들에 대한 인식, 인도와 중국이라는 두 이웃 국가로부터 새로운 역사의 흐름을 배웠다. 인도는 영국 동인도회사로부터 독립했으며 중국은 일본 통치에서 벗어나 자유를 되찾았다. 네팔 사람들도 정치적으로 조직되기 시작하여 당시 트리부반 왕과의 비밀스런 관계를 시작했다.

트리부반 왕은 네팔과 그 국민들의 실제 모습을 알게 되었고 평범한 사람들에 대한 라나 정권의 잔혹한 독재 정권에 맞서 싸울 것을 제안했다. 마침내 1951년 네팔은 민주혁명을 통해 라나 정권을 붕괴시키는

데 성공할 수 있었다. 트리부반 왕은 독재자 라나 정권에 맞서 싸울 일반 국민들을 통해 새로 조직된 정당, 네팔 의회, 네팔의 공산당, Rastriya Prajaparishad 등과 접촉했다.

네팔 국회의원 B. P. Koirala의 지도력 하에, N.C.의 해방군은 국가와 국민의 이익을 위해 왕에게 유리하게 항쟁을 이끌었다. 그 결과 트리부반 왕은 그의 손주 가넨드라 왕자를 그의 삼촌의 집에 남겨 두고, 인도의 델리로 망명을 한다. 그렇게 버려진 가넨드라 왕자의 나이는 2.5세였다. 델리에서 돌아온 후에 트리부반 왕은 104년을 내려온 라나 정권을 무너뜨리고 민주주의를 선언했다. 트리부반 왕이 라나 독재를 끝내는데 성공했을 때, 영리하고 사려 깊고 대담하고 먼 앞날을 내다보았던 마헨드라 왕세자는 이미 국가의 정치적 활동을 관찰하고 있었다.

모든 정당들이 단지 국민과 국가를 위해서만 일할 수는 없었다. 그들도 또한 라나 정권처럼 슈퍼 파워가 되고 싶었지만 국민들은 현대 시스템을 따르길 원했다. 8년 동안 여러 명의 수상이 바뀜으로써 정치상황이 불안정하다라는 증거를 보여 주었다. 1958년 2월, 민주주의 규범에 따라 총선거가 열렸고 네팔 의회당이 다수를 차지했지만, 마헨드라 왕이 같이하지 않았기 때문에 불과 2년 동안만 완전히 통치할 수 있었다.
1960년 12월 16일, 민주주의 체제는 마헨드라 왕에 의해 타격을 받았고 모든 정당 활동은 금지되었다. 판차야트 시스템(Panchayat System)이 도입되었지만, 이 제도 또한 잔인하고 파시스트적이었다. 그 어떤 정당이나 시민사회 어느 누구도 국왕이나 판차야트 시스템에 반대하는 목소리를 낼 수는 없었다. 모든 정당들은 불법이었고, 결국 정당 없는 사회가 되어 버렸다.

마헨드라 왕은 1971년 2월에 세상을 떠났다. 그리고 비렌드라 왕세자가 며칠 후에 왕이 되었다. 1979년 고등학생, 대학생, 그리고 정당 소속 젊은이들이 국왕 시스템과 Panchayati System에 강력하게 항의했고 마침내 비렌드라(Birendra) 국왕은 개혁된 판차야트 시스템 또는 다당제 민주 시스템 중에서 선택하는 국민투표를 발표했다. 1980년 국민투표 결과 판차야트 시스템이 선택되었지만 정치적 활동은 여전히 전국에서 이루어졌다. 그 결과 반-판차야트 지도자들은 의회 선거에 참여하여 카트만두, 포카라, 야파 및 다른 많은 지역에서 승리했다. 1989년에 일어난 민중운동[I]은 네팔에서 30년 만에 파시스트 판차야트 시스템이 붕괴되는 원인이 되었다.

비렌드라 국왕은 어느 정도까지는 사람들의 의견을 분석할 수 있었기 때문에 다당제 민주주의 체제를 선포했지만, 그는 왕실과 극단적 왕정 지지자로부터 압박을 받았다. 일반 사람들의 경제적, 정치적, 학문적, 그외 모든 상황들이 빈약했기 때문에, 이 시스템 또한 국민들의 이익을 위한 장애물로 간주되었다. 네팔의 공산당(마오이스트)은 1994년 2월 인민전쟁을 발표했다. 네팔은 갈등에 빠졌고 10년 동안 마오이스트들의 폭동이 계속되었다. 2001년 5월, 금요일 밤 왕실 저녁 식사 때 Narayanhity 왕궁에서 비인간적인 왕실 대학살이 있었다. 가넨드라 왕의 가족과 계모를 제외하고, 비렌드라 왕, 아이슈와랴 왕비, 디펜드라(Dipendra) 왕세자, Nirajan 왕자, Shruti 공주와 그녀의 딸을 포함한 많은 왕족들이 살해당했다.

비상사태가 선언되었다. Girija Prasad Koirala 수상과 많은 정치 지도자들이 체포되었다. 죽은 시체처럼 식물인간 상태인 왕자 디펜드라도 24시간 동안 왕으로 발표되었다. 가넨드라는 51년 만에 두 번째로 왕이 되었다. 왕실 대학살로 인해 네팔 국민은 가넨드라 왕과 내전을 지지하지 않았고, 정당들도 또한 만족하지 못하고 평화협상을 위해 조정 국면으로 들어갔다. 따라서 민중운동[II]은 2005년 3월에 시작되었고, 모든 정당, 시민사회, 학생 및 모든 일반 국민들이 국가의 변화 운동을 위해 모였다. 2006년 5월, 네팔 왕국은 네팔 공화국으로 바뀌었다. 따라서 네팔의 왕정은 영원히 붕괴되었다.

트리부반 왕은 민주주의의 씨앗을 네팔에 뿌렸다. 그는 학교, 대학, 제방, 도로 등을 건설함으로써 국민들의 삶을 향상시키는 데 기여했다. 마헨드라 왕은 국민과 국가를 위한 자신만의 철학적 방식을 보여 주려고 했지만, 판차야트 시스템과 그 기관인 '농촌으로 돌아가자' 'Panchayat Palicy and Investigation Committee' 와 모든 관료주의가 부정적인 역할을 했고 이러한 시스템이 인기가 없었기 때문에, 결국 정치적으로 실패했다. 비렌드라 왕은 그의 아버지에 비해 상대적으로 자유주의적이었지만, 그는 왕실 가족과의 충돌을 피할 수는 없었다.

전국의 CPN(마오이스트)의 반란은 농촌 지역에까지 확산되었고 국민들은 또한 의식을 갖게 되었다. 그런 상황에서 왕실 대학살은 군주제를 쓰러뜨리는 길의 원인이 되었고, 가넨드라 왕은 그러한 상황에서 국가를 통치할 능력을 보여 주지 못했다. 그 결과 모든 의회 정당들이 연방 공화당 체제에서 다당제 민주주의 체제를 회복시키기 위해 한자리에 모였다. 2015년 9월 20일에 네팔 헌법이 공포된 이후, 우리나라는 네팔연방공화국인 것이다.

Ganga Thapa
(Professor of Politics, Tribhuvan University)

Nepal had a long history of absolute monarchy. Yet Nepal had become a political state by the military conquests of Prithvi Narayan Shah, the mercurial king of Gorkha in the Western Nepal since 1768 that gave the country a unique name and a formidable central government at the time, which accumulated sufficient absolute power to pursue their political and economic programs motivated by a high degree of self-interest. The monarchy indubitably was having colossal importance with central relevance of Nepali polity between 1768 and 2008 and in fact it remained so for too long: yet it proved incompetent to create conditions of socioeconomic growth to deliver the yields to the people and bring about pertinent political and institutional changes to enable citizen participation in decisionmaking aimed at sustainability and justice. However, our contention is that the monarchy in Nepal got abolished in a relatively very short period, although it began to appear very weak and ineffective soon after the royal massacre in June 2001, particularly in the absence of solid support and broad legitimacy toward the new king. It was abolished because it did not keep up with the new trend in popular support to which the Maoist Party had become a decisive contributor.

In fact, there was a lot of merry-making with songs and dances in the streets of Nepalese towns on Wednesday 28 May 2008 when Nepal's 240-year-old monarchy did come to an end formally by the order of the parliament dominated by the Maoists. Few Nepalese were feeling melancholy on the passing of the ancient royal institution. In fact, the monarchy could be easily abolished because it had no mass loyalty and also it was unable to adopt certain democratic values that are necessary for democratization of the polity. It must not be also undermined that monarchy in itself is neither a necessary nor a sufficient condition for the pursuit of the objectives for common good and in public interest, for example, pursuing for the greatest happiness amongst the greatest number.

Seen in this light, King Tribhuvan was born in 1906 in Narayanhiti Royal Palace, Kathmandu as the 9th king in succession of Gorkha's Shah Dynasty. His reign began when he was just 5 years old under the model of politics in which the Ranas held absolute and inalienable powers and had established themselves as the real authority of the state that determined the institutional framework through which political interests were framed and articulated: thus the king's political role was reduced to being a figurehead, the king had disappeared from the political events almost entirely and so it was at a more abstract level too, which was wholly unexpected and certainly could not be predicted. It is the history of what it means to be a king that does not have to look beyond the facile features of reigning and not at all the actual ruling since the Ranas had the absolute control over the monarchy as well as over all matters and in all political situations with which citizens were uninformed or were apathetic about politics.

There was a fundamental transformation in 1846 when Ranas, a native feudal ruling clan, made the monarchy captive through a bloody coup known as the Kot Parva and usurped complete control of governance by reducing the king as their puppet. Under the Ranas, the role of the monarchy never got defined: all the powers were simply relocated to the office of the dynastic Prime Minister. Such practices and their deft processing must be understood in terms of the restricted politics from the point of view of inclusiveness.

While making such observation, it may still be said that the king remained an important symbol of unity and socially desirable or at least an emblem of unity in order to preserve the very hegemony of the Ranas in their political context. But it is important to add that in this case, King Tribhuvan won the people's regard and even affection when he flew to New Delhi in November 1950 via Indian Embassy in Kathmandu with his family including the Crown Prince, leaving the palace without a throne to meet with the India-based Nepal's revolutionary forces that had taken to arms against the Ranas. Leadership is a concrete phenomenon. Certainly, it was not a case for wholesale acceptance of King Tribhuvan's agenda if at all, but an important step on the open road toward a new political system which had created consciousness among the Nepalese people. It was a unique event so elegantly accounted for in Nepal's political history that we may still argue that it created an intricate yet powerful integument which had served so well that it drew considerable attention of the entire world although King Tribhuvan had insufficient ability and skill to transit from a family regime to democratic rule. Nevertheless, it was a remarkable transition which had greatly weakened the utility and scope of the Rana regime and also it was politically prudent with reference to the subsequent public sphere, particularly to ensure future political choices for long-term political considerations.

It is not surprising, therefore, that the Rana family regime which had dominated Nepali politics under successive Rana prime-minister-maharajas over a century did collapse in February 1951. It proved a crucial watershed that inaugurated a new political era which many believe was a decisive break in Nepali politics. When we look critically on the evidence we have now, the seeds of new political patterns had started to emerge soon as the old routines had died away, and it may be regarded important and intrinsically valuable in the process for successful institutional designs that such process can also serve to articulate general interests of the community. We may argue that the demise of the Rana rule was not a sudden change with normal base of support: it was rather due to the wide range of political activities. It was a revolutionary process of change toward a new direction even though everyone did not have leeway to participate to consider it as truly collective or did not bring with it a necessary blueprint for new strategies that may not be a misinterpretation. The pattern of change was less linear than stepped. At the same time, King Tribhuvan was able to take advantage of the new circumstances when he eventually seized the power in 1954 on the pretext that the political parties were influenced by a pendulum effect while developing new forms of political control that would allow the people to increase their power and would regard democracy and management of the economy as crucial to political stability. After all, the monarchy got thoroughly discredited and it suffered miserably while as a victim in the hands of the Ranas who continued to thrive in political affairs.

As is common in many political transitions, the early steps toward political liberalization failed to function effectively due to weak and largely ineffective steps motivated by self-interest: nevertheless, it was a marked change since the Rana rule, leading to decisive and distinct era despite the outside influences. In particular, India posed worrying and seemingly unstoppable errands since it had such great leeway in determining the policies and the institutions of the time and on the questions of power, for example, who should be positioned where. It was a crucial feature of the post-Rana Tribhuvan rule that had unwanted consequences. This fostered not only the Indian influence, but also the narrow-mindedness in domestic issues, factionalism and political intrigues while promoting a moderate, responsible and responsive government with the passage of time. All this led to a variety of trends which may be described to borrow Migdal's words that there was 'little doubt that outside powers led to varying conceptions of their own state interests and their policies on how local societies should be controlled.' It is of course true that the people of Nepal were manipulated and even exploited by many interested elements that included innumerable things which are no longer navigable. Soon after the Ranas were ousted, King Tribhuvan was criticized for not appointing B P Koirala of NC party as the country's prime minister.

There is no easy answer to the historic anomaly, but it was due to the Indian instructions that he must not be entrusted: otherwise, he was overwhelmingly favorite both inside and outside the party even though there had been no elections yet to gauge the leader's popularity. However, it is considered a blunder on the part of King Tribhuvan who was still a respected and beloved figure symbolizing the Nepali nation. Actually, the Nepali governments of the early fifties leaned more and more toward the support of the Indian government and the king readily agreed to follow its guidance that made democracy quickly fall victim to the Indians' hands. In this context, Joshi and Rose observed that "… between 1951 and 1960 the dominant mood in Nepali politics had been self-expression and self-aggrandizement rather than problem-solving. Therefore, the objective of the revolution was soon lost when instead of establishing a benevolent monarchy, Nepal came to be ruled by more and more assertive monarchs after 1951."

It would be more accurate to think that King Tribhuvan, who ruled Nepal after the overthrow of the Rana rule until his death in 1955, had no grand plan nor an ambition for the people's basic rights and liberties, fair equality of opportunity and for the arrangement of social and economic affairs rooted radically in line with the egalitarian notion of common good. There was no debate over the core humanitarian principles such as the right to life, liberty and security of the person, freedom of thought, particularly whether the will of the people should be the basis for the authority of the government to sustain democratic institutions that uphold freedom and develop the rules of governance to ensure accountability and transparency which were monumental tasks to start with in the modern Nepali state. He did not harbour any precise goals to reshape the Nepali society by eliminating the age-old patron-client relations through overhauling the character of the state or ending the conflicting rules of the political game or bringing in actual economic reforms and redistribution within the institutions of the state, although he was appreciated for his optimistic approach and persistent effort toward ousting the Ranas.

There is little doubt that the political discourse adopted after the Rana rule and before his death was essentially rootless for setting up democratic polity, civic values, elections, and so forth in which the political rule is regulated through publicly shared conception of justice, not necessarily egalitarian in terms of practical outcomes upon which this has been publicly predicted, let alone some sort of collective will formation even if it was unlikely. Yet, if my own argument is sound, the role of King Tribhuvan was linked to the anti-Rana movement that covered a fairly wide range of issues which concerned politics and the state which was powerful in the political life of the day, albeit there was no explicit recognition of centrality to the process.

King Tribhuvan's success must be credited in bringing about the demise of the powerful ruling clan of the Ranas that had maintained order with their arbitrary rules and in consolidating his near-hegemonic power, which may be explained through various viewpoints. But, his failure to adopt and execute appropriate strategies at times, particularly the institutional void to break the widespread patron-client ties for social stability in the countryside, which would have given him even more respect for his authority over the state and subsequent legitimacy, constituted a stark weakness in him. Nevertheless, the role he played to introduce democracy was almost overwhelmingly noteworthy as it provided an opportunity for the construction of a new polity in which one could do everything in nearly every dimension of the political and social life. His successes are also valued because the people had become too timid under the Ranas who not only behaved in an extremely authoritarian manner but also plunged themselves in violent political struggles confronting the people: they invariably turned a blind eye toward the citizen's identity and needs and thus called themselves for self-destruction.

It may be said that King Tribhuvan had no charisma, nor any political agenda, not even a platform to play an exhibitory role in politics: nevertheless, he was somewhat committed toward democratic institutionalization, and therefore, was lodging his support to civilian moderate opposition launched by the outlawed parties, viz. Praja Parishad [PP] and Nepali Congress [NC] and such related institutions during the thirties and forties that energized the people and eventually contributed to the revolutionary overthrow of the Rana regime. There may be little doubt that he was not quite strong enough with a clear-cut political vision to build democracy nor had the ability to create real political momentum which respects the principles of a duly elected government in which the people's representatives pursue a common agenda with a thorough understanding of the state's rules of the game that would certainly have a profound impact.

Nonetheless, King Tribhuvan's position was undoubtedly radical: it was his supreme leadership which had led to the expected defeat of the Rana regime and to build an ideological foundation for liberal democracy in addition to the notion for a radically egalitarian political project explicitly concerned with the common good such as maximizing the condition of the most disadvantaged people. But he had demonstrated an explicit interest in political affairs despite his limited awareness about the merits of a democratic polity. And indeed, it was his political behavior and his constant engagement in political activities that made the headway in establishing a new order which had pushed toward meaningful, unified and effective rule from the domain of arbitrary practices in political and institutional affairs.

Also, with King Tribhuvan's assistance, it was possible to garner support through a multitude of institutional channels that was necessary for the leaders to determine the ultimate power in which the political rule regulated by a publicly shared conception of justice, which till then was presented as a more or less monolithic organization, where at the center a single actor was active and creative often through ambitious policy agendas while peripheries were passive and malleable. While the experience of the post-Rana decade suggests a much more interesting picture in terms of political democracy, but frankly speaking King Tribhuvan had dismissed significant political promises he had made during and after overthrowing the Ranas, for instance, that he would rule the country justly in the interest of the people in general and in particular by establishing a new political order based on a democratic constitution framed by the CA.

Although the post-Rana polity was perpetuated by monarchism and personality-driven politics, King Tribhuvan could have given a rather different classification as he was in a comfortable position to be identified as a formidable stalwart with intent toward the restructuring of the society: he was enjoying popular sympathy and considerable regard in the domestic political arena: such an esteem was a lot more than that enjoyed by most of the monarchs in Nepal's history. But he did a huge blunder as he did not hold CA elections which would have made constitutional revolution from below that he too had dreamt and promised and would have subsequently brought about substantial institutional changes for all intents and purposes. The political change that took place in 1951 under King Tribhuvan was not, strictly speaking, a revolution: rather, it was in reality the restoration of the monarchy with its emphasis on authority, order, hierarchy, and supremacy over those who created obstacles to democratization.

Although the Rana regime relied upon repression in which the ordinary people were considered as pauko dhulo or the dust off their feet, King Tribhuvan depended heavily on the outside powers that kept dictating, paradoxically, in the aftermath of the Rana rule. The situation got tarnished more than once whenever Indian army was invited to suppress the domestic struggle staged by opposing elements such as the Ranas, Communists and other political groups who wanted to discredit Congress's role in the anti-Rana movement, nor could see India as a liberator. Nevertheless, during the early fifties, all Nepali governments leaned more and more toward the support from the Indian government and they would readily agree to the advice offered that made democracy fall victim to the King's hands which provided the scope for the consolidation of the royal authority. However, the Indian hegemonic influence on Nepal's domestic affairs had become less effective after the death of King Tribhuvan in 1955.

● 트리부반 왕의 정치적 의미

강가 타파
(트리부반대학교 정치학과 교수)

  네팔은 절대 군주제의 긴 역사를 가지고 있다. 그러나 네팔은 1768년 이
래 서부 네팔에서 Gorkha의 수호왕이었던 Prithvi Narayan Shah의 군사
정복에 의해 정치적 국가가 되었다. 개인의 이익을 중요시하는 정치적·경
제적 프로그램을 펼치기 위한 절대 권력을 가진 강력한 중앙정부와 국가
를 이루었다. 네팔의 군주제는 1768년부터 2008년까지 네팔 행정조직의
중앙집권을 이루었지만 사실 너무 오래 유지되었다.

  그럼에도 불구하고 시민들에게 수익을 나눠 주기 위해서 사회 경제적 성
장 조건을 조성하는 데에 무능력했다. 또한 지속 가능성과 정의를 목표
로 한 의사 결정에 시민이 참여할 수 있도록 관련 정치 및 제도적 변화를
가져오는 데에도 무능력했다. 그러나 네팔의 군주제가 2001년 6월에 발생
한 왕실 대학살 직후 그 권위가 약해지기 시작하면서 비교적 단기간에 폐
지되었다. 또한 마오이스트 정당이 권력을 잡으면서 대중적 지지의 변화
를 간파하지 못한 것도 군주제가 폐지된 또 하나의 이유이다. 2008년 5월

28일 마오이스트들이 주도하는 의회의 명령에 따라 네팔의 240년 된 군주제가 공식적으로 끝났을 때, 네팔 마을 곳곳에서 시민들은 노래와 춤으로 군주제의 종식을 기뻐했다. 과거의 군주제를 떠나 보내면서 우울한 느낌을 가진 네팔인들은 거의 없었다. 사실 군주제는 대중의 지지도가 없었고 정치체제의 민주주의적 가치가 없었기에 쉽게 폐지될 수 있었다. 또한 군주제가 공공의 이익을 추구하는 데 필요조건도 아니고 또한 충분조건도 아니었다.

트리부반(Tribhuvan) 왕은 1906년 카트만두의 Naravanhiti 왕궁에서 Gorkha Shah 왕조의 9번째 왕으로 태어났다. 그의 통치는 5세에 왕위에 올랐을 때부터 시작되었다. 그 당시는 라나 가문이 절대적인 권력을 행사하고, 자신들의 정치적 이해 관계가 틀이 잡혀 있고 제도적 기틀을 결정하는 국가의 진정한 권위로 자리매김하고 있던 때였다. 따라서 국왕의 정치적 역할은 허수아비에 불과했고, 정치적 사건에서 거의 존재감도 없었다. 라나 가문이 시민들이 알지 못하는 모든 정치적 상황에서 절대권력을 가지고 있었기 때문에 국왕은 실제 권력을 꿈꿀 수조차 없었다.

1846년 라나 가문이 Kot Parva라고 불리우는 피의 쿠데타를 통해 군주제를 포로로 만들고 왕을 그들의 꼭두각시로 축소시킴으로써 국왕의 통제권을 빼앗은 이후, 라나 정권에서 군주제의 역할은 결코 인정되지 않았다. 모든 권한은 수상의 사무실로 이전되었다. 그러한 관행과 그들의 직무 처리는 네팔의 특수한 정치의 관점에서 이해되어야 한다.

라나 가문의 파워를 유지하기 위해, 왕은 사회적으로 추상적인 상징으로만 남아 있을 뿐이었다. 그러나 1950년 11월, 트리부반 왕이 카트만두의 인도 대사관을 통해 왕세자를 포함한 가족과 함께 뉴델리로 날아 갔을 때 비로소 국민들의 존경과 애정을 받게 되었다. 왕궁을 비워 둔 채 라

52

나 가문에 맞서 싸웠던 인도에 본부를 둔 네팔의 혁명 세력과 만났기 때문이다. 진정한 리더십을 보여 준 셈이다. 분명히 트리부반 국왕의 의제를 완전히 받아들인 경우는 아니지만, 적어도 새로운 정치체제를 향한 중요한 발판이 되었다. 트리부반 왕은 왕실의 집권에서 민주주의 통치에 이르기까지 충분한 능력과 기술을 갖추지 못했지만, 전 세계의 주목을 받은 강력한 모습을 보여 줬다고 네팔의 정치 역사에서 인정되고 있다. 그럼에도 불구하고 그것은 라나 정권의 유용성과 범위를 크게 약화시킨 주목할 만한 전환이었다.

따라서 1951년 2월, 100년 넘게 유지해 온 라나 가족 정권이 붕괴되었다는 것은 놀랄 만한 일이 아니다. 많은 사람들이 생각하기에 네팔 정치에서 새로운 정치 시대가 시작된 중요한 분수령이었다. 새로운 정치적 패턴의 시작은 옛 전통이 사라지면서 나타나기 시작하고, 또한 성공적인 제도 디자인을 위한 과정에서 중요하고 본질적으로 가치 있다고 생각되어질 수 있다. 우리는 라나 정권의 종말이 정상적인 지지 기반의 갑작스런 변화가 아니라고 주장할 수 있다. 그것은 오히려 광범위한 정치 활동 때문이었다. 또한 그것은 새로운 방향으로의 혁명적인 변화 과정이었다. 동시에 트리부반 왕은 1954년에 권력을 잡았을 때, 사람들이 그들의 권력을 증대시키고 민주주의와 경제 운영을 정치적 안정에 결정적인 것으로 간주할 수 있는 정치적 통제의 새로운 형태를 발전시켜 나갔다. 결국 군주제는 철저하게 신뢰를 잃었으며 정치 활동에서 번성했던 라나 가문의 손에 고통을 받았다.

많은 정치적 전환기에서 흔히 있는 것처럼, 정치적 민주화에 대한 초기 단계는 효과적으로 기능하지 못했다. 하지만 외부의 영향이었음에도 불구하고 결정적이고 분명한 시대로 인도했기에 라나 정권 이후의 현저한 변화를 가져오게 되었다. 특히 이웃 국가인 인도는 걱정스럽고 겉으로는 막을 수 없는 일들을 제기했다. 그것은 원치 않는 결과를 초래했던 라나-트리부반 정권 후의 중요한 특징이었다.

이것은 인도 영향뿐만 아니라 국내 문제, 파벌주의 및 정치적 음모를 발생시켰다. 시간이 감에 따라 온건하고 책임 있고 반응하는 정부가 필요했다. 이 모든 것들은 Migdal의 말을 빌리자면 외부의 힘이 지역 사회의 통제 방법에 대한 국가의 이익과 정책에 관한 다양한 구상을 이끌어 냈다는 데에 약간의 의심이 있었다. 네팔 사람들이 많은 흥미 있는 요소들에 의해 조종되거나 심지어 착취되었다는 것은 잘 알려진 사실이다. 라나 정권이 축출된 직후, 트리부반 왕은 국가의 수상으로 NC 당의 B. P. Koirala를 임명하지 않은 것에 대해 비판을 받았다.

지도자의 인기도를 가늠할 수 있는 선거는 아직 없었지만 그는 당의 내부와 외부 모두에서 압도적으로 인기가 많았다. 그러나 인도에 너무 의존하게 된 것은 여전히 네팔 국가를 상징하는 존경받고 사랑받는 인물이었던 트리부반 왕에게는 큰 실수였다. 실제로 50여 년간 존재했던 네팔 정부는 인도 정부의 지원에 점점 더 의존하게 되었고, 국왕은 인도인들의 손에 민주주의가 희생되는 지침에 너무 쉽게 동의했다. 이런 맥락에서 Joshi와 Rose는 이렇게 평가했다.

1951년과 1960년 사이에 네팔 정치에서 지배적인 분위기는 문제 해결보다는 권력의 확대였다. 그래서 자비로운 군주제를 수립하는 대신에 네팔은 1951년 이후 점점 더 독단적인 군주에 의해 통치받게 되면서 혁명의 목적은 곧 잃게 되었다.

라나 정권의 몰락 후, 1955년 사망할 때까지 네팔을 통치한 트리부반 왕은 국민의 기본권과 자유, 평등 한 기회 균등 및 사회 및 경제문제에 대한 합의에 대한 웅대한 계획이나 야망이 없었다. 생존권, 인권의 자유와 안전, 사고의 자유, 특히 국민의 의지가 정부의 권위의 기초가 되어야 하는지 여부와 같은 핵심 인도주의적 원칙에 관한 논쟁 또한 없었다. 그의 정부는 현대 네팔 국가에서 시작하는 기념비적인 임무였던 책임성과 투명성을 보장하기 위한 통치의 규칙을 개발하고 자유롭게 발전시키는 정부여야 했다.

그는 국가의 성격을 재정비하거나 정치 게임의 상충되는 규칙을 끝내거나, 네팔 사회를 재건설하기 위한 정확한 목표를 갖고 있지 않았다. 그는 자신의 낙관적인 접근과 라나 정권의 퇴출을 위한 끊임없는 노력으로 높이 평가받긴 했지만, 라나 정권 이후와 그의 사망 이전에 채택된 정치 담론은 민주적인 정치, 시민의 가치, 선거 등에 본질적인 이해가 없었다. 트리부반 왕의 역할은 정치와 정치 시대에 강력한 국가에 관한 상당히 광범위한 쟁점을 다루는 반라나 운동과 관련이 있었다. 하지만 그 과정의 중심성에 대한 명시적인 인식이 없었다.

트리부반 왕의 성공은 라나 정권의 강력한 지배 세력이 붕괴된 데서 비롯된 것으로 여겨진다. 그러나 그 당시 적당한 전략을 채택하고 실행하지 못했던 그의 실패는 그에게 큰 약점을 남겨 주었다. 그럼에도 불구하고 민주주의를 도입하기 위해 그가 했던 역할은 압도적으로 주목할 만하다. 왜냐하면 정치적, 사회적 삶의 거의 모든 면에서 모든 것을 할 수 있는 새로운 정치체제를 건설할 기회를 제공했기 때문이다. 그의 성공은 극도로 권위주의적인 태도로 행동했을 뿐만 아니라 국민과 대치하는 폭력적인 라나 정권하에서 사람들이 너무 소심해졌기 때문에 그 가치가 있다.

트리부반 왕은 카리스마도 정치적 소신도 없었으며 심지어 정치에서 전시적 역할을 수행할 수 있는 플랫폼조차 갖고 있지 않았다. 그럼에도 불구하고 그는 민주적인 제도를 위해 노력했고, 따라서 Praja Parishad[PP]와

Nepali Congress^(NC) 당과 이와 관련된 기관과 같은 불법 정당에 의해 시작된 시민들의 온건한 야당을 지지했다. 그러한 불법 정당들은 사람들을 격려하고 결국 라나 정권의 혁명적 전복에 기여하게 되었다. 그는 민주주의를 구축하기 위한 명확한 정치 비전이 강하지 않았고, 국민의 대표가 정당한 의제를 추구하는 선거로 선출된 정부의 원칙을 존중하는 진정한 정치적 추진력을 창출할 능력 또한 없었다.

그럼에도 불구하고 트리부반 왕의 위치는 의심할 여지없이 급진적이었다. 라나 정권의 예상된 몰락을 이끌어 내고 자유 민주주의를 위한 이데올로기적 토대를 구축하는 것은 그의 최고의 지도력이었다. 가장 빈곤한 사람들의 상태를 개선할 수 있는 공익에 관련한 평등주의 정치 프로젝트에도 관심이 많았다. 그는 민주주의 정치의 장점에 대한 제한된 인식에도 불구하고 정치 문제에 명백한 관심을 보였다. 실제로 그의 정치 행동과 정치 활동에서의 끊임없는 참여로 인해 정치 및 제도 문제에서 임의적 관행의 영역에서 의미 있고 통일되고 효과적인 규칙으로 나아가는 새로운 질서를 수립하는 데 앞장섰다. 또한 트리부반 왕의 도움으로, 여러 가지 제도적 채널을 통해 지원을 받는 것이 가능했다. 지도자들은 공개적으로 공유된 정의 개념에 의해 규정된 정치적 규칙 안에서 궁극적인 권력을 결정했다.

라나 10년 정권 이후의 경험은 정치 민주주의 측면에서 훨씬 더 흥미로운 그림을 제시했지만, 솔직히 말하면 트리부반 왕은 그가 약속했던 중요한 정치적 약속을 묵살했다. 라나 정권 전복 후에, 일반적으로 국민의 이익을 위해서 그리고 특히 CA에 의해 구성되는 민주적인 헌법에 기초한 새로운 정치 질서를 수립하기 위해 노력했어야 했다.

라나 정권 이후의 정치는 군주제로 지속되었지만, 트리부반 왕은 그가 사회의 구조 조정을 지향하는 막강하고 충실한 인물로 확인된 편안한 위치에 있었다. 그는 국내 정치계에서 대중의 동정과 상당한 관심을 누리고 있었다. 그러한 존중은 네팔 역사상 대부분의 군주가 누린 것보다 훨씬 많았다. 그러나 그는 자신이 꿈꾸고 약속했던, 그리고 모든 의도와 목적을 위해 실질적인 제도적 변화를 가져온 CA 선거를 하지 않았다는 큰 실수를 범하게 된다. 트리부반 왕위 시절인 1951년에 일어난 정치적인 변화는, 엄밀히 말해서, 혁명이 아니었다. 오히려 민주화를 가로막는 장애물을 만들었던 사람들에 대한 권위, 질서, 계급, 그리고 패권주의에 중점을 둔 군주제의 회복이었다.

라나 정권은 평범한 사람들을 pauko dhulo 또는 먼지로 간주하며 억압했지만, 트리부반 왕은 라나 정권의 여파로 역설적으로 지시하는 외부의 힘에 크게 의존했다. 라나 가문, 공산당, 그리고 반(反)라나 운동에서 의회의 역할을 의심하는 다른 정치 단체들과 같은 반대 요소들에 의해 전개되는 국내 투쟁을 억제하기 위해 인도 군대가 초청될 때마다 상황은 달라졌다. 인도는 해방자 또한 아니었다. 그럼에도 불구하고 50년대 초반에, 모든 네팔 정부는 인도 정부의 지원에 점점 더 기울어졌으며 왕권의 통합을 위한 범위를 제공한 국왕의 손에 민주주의가 타격을 가하도록 하는 조언에 쉽게 동의했다. 그러나 네팔의 내정에 대한 인도의 영향은 1955년 트리부반 왕의 사망 이후에 많이 줄어들었다.

Milan Ratna Shakya
(Ph. D. Associate Professor
Head of Central Department of Buddhist Studies
Tribhuwan University, Kirtipur, Kathmandu, Nepal.)

Prithvi Narayan Shah(c.1722-1774)

Prithvi Narayan Shah, born in 1722, was elder son of Gorkha King Nara Bhupal Shah from second queen Kausalya Devi. His pre-term birth of seven months' was pled for priority to ten month's post-term birth of Brindkeshar Shah in same day to King's first queen Chandraprabha Devi, few hours later. This claim of rank by birth or womb was short lived after latter's urgent demise. Then, Prithvi Narayan became eldest among two brothers, Dalmardan Shah hand Prithvipal Shah and two sisters, Padma Kumari and Vishal Vadana from same mother. He had one brother Surapratap Shah and three sisters Padma Vadana, Indu Kumari and Sarpa Vadana from third mother Buddhimati. Next two brothers Mahottamkirti Shah and Daljit Shah and three sisters, Mahalaksmi, Padmanetra, and Suratkumari were from youngest mother Subhadravati.

Prithvi Narayana was ambitious since youth as blessed by Yogi Gorakhnath in his abode of Gorkha hilly-fort. This place's name origin to his charisma. He blessed with his half-eaten curd to this prince. But he denied to scoff it but drizzled on feet. At this, yogi predicted his conquest over all places of his strides. He got married first with Indrakumari, a daughter of Hemakarna Sena, a Makawanpur king in 1737. It was main for trade in hilly trail to Terai, then. But this wedlock broke on dispute of dowry. Feeling irate by insult, he got married next to Narendralaksmi, a daughter of Abhiman Singh, a Rajput trader of Varanasi. It benefitted his ambition that triggered with sophisticated ammunitions with his help. Subsequently, his life set for the unification of Nepal, in conquest of Kathmandu valley, by truce of Lamjung and succor of Palpa in 1739. His first attempt to Nuwakot, a foot trail to Lhasa, went futile. Victory got next to him in 1744. At last, in September 1768, he got the valley of Nepal$^{(Kathmandu)}$, to stretch into grander shape. Prithvi Narayan Shah is then called "Builder of the Nation." He died in Nuwakot at the age of 52 in 1776.

Tribhuwan Bir Bikram Shah Dev(1906-1950 / 1950-1954)

Tribhuwan Bir Bikram Shah Dev, a son of King Prithi Bir Bikram Shah Dev from Punjabi Rajput lady, queen Laxmi Divyesvari, was born in 1906. He dwelt in Rana regime of Prime minister Chandra Samsher. King Prithvi Bir Bikram was killed in poisoning and Tribhuwan was made 'a first baby king' in age of five, 1911. His primary rule was traditional as a puppet king under the prominent Ranas rules of Chandra$^{(28\ years)}$, Bhim$^{(33\ months)}$, Juddha$^{(13\ years)}$, Padma$^{(2\ years)}$ and 3 years of Mohan Samsher. He shared five Rana premiers before setting to free for democracy in Nepal by abolishing their rules in 1950. Thus, he is named "Father of the Nation" for ending 104 years' long Rana's system. After moving to democracy, Tribhuwan was reinstated as 'First Democratic King' and the first coin[(mohar)] was minted with kings burst wearing 'Nepali Topi' to mark the 'freedom from the crown' for this great occasion. He became the first Self-ruled Shah King in Nepal. But he died soon in March of 1954 at Canteen hospital of Zurich, Switzerland. Accordingly, in his Royal proclaim of 1953 from Switzerland, this king's motto was echoed in his order to heir[(crown prince Mahendra)], for honoring the 'people's voice.' Hence, he became popular king of his time. He was adorned as the pioneer of Democracy by epithet of "Shri 5 Tribhuwan Prajatantra Shri Pad". This king died in Switzerland in BS 2011 Faguna 30thbuthisbodywasbroughtinhome[(BS2012 Baishak4)]toimmolateinPashupatinath.

Gyanendra Bir Bikram Shah(1950)

In 6 November 1950, with impact of people's revolution against to Rana rule, King Tribhuwan with his entire Royal family suddenly took shelter in Indian Embassy, Kathmandu, in BS 2007, Kartika, 21. In accent to the people's revolution it was symbolic to royal sedition before the state for behaving royalties like a regal prisoner. Thus, this king pocketed a stride against to the Rana system. This expat was made in haste so, king's second grandson, Gyanendra, was left in maternal house of Haribhawan, in Sano-Tundikhel. At this, Mohan Samsher vexed for assault in Embassy to bring royalties back. After accepting the International law, he retreats. Hence, Indian Embassy safely took all Royal guests into Delhi. There, they received all applicable grandeur of respect in formalities, to succor in reinstatement of Kingship of Nepal from PM Jawaharlal Nehru. At this, furious Rana premier, Sri 3 Mohan Samsher ritualized a coronation of baby king to his four years old grandson as 'Sri 5 Gyanendra' in 1950, to expurgate his kingship.

This second Shah baby king was made by Ranas on his grandfather's crown for three months and ten days. It was ritualized by minted coins of a double, a Mohar$^{(50\ Paisa)}$ and a gold Asarphi, it remains unique to Nepal's Shah numismatic history. His ceremonial kingship persisted until the declaration of National Democracy in Faguna 7, 2007 BS. He was replaced by his grandfather Tribhuwan as the new Democratic king.

Mahendra Bir Bikrama Shah Dev(1954-1971)

Mahendra Bir Bikram Shah Dev was elder son of Tribhuwan, ruled from 1954 in democratic move of the country. But he was ambitious to become traditional king with sole influence, so he abruptly changed multiparty system of democracy it into the party-less system by introducing new Panchayat system. His two younger brothers Basundhara and Himalaya were set aloof from his politics for own business. He incepted the proper King's rule direct from the crown to people by introducing the party-less 'Panchayat system' in Nepal, by eliminating all leaders in exile or prison in 1960. He built the structure of decentralized rule for monarchial improvement in the category of fourteen zone and seventy-five districts of Nepal. His campaign of "Back to village" for country's all round development was linked with setting of the east-west in Terai by Mahendra Highway. But, multi-party system of people's optimal was in contradiction to his promotion. Thus, he contributed to set 'Nepali' as national language for the statement. Next, he introduced Nepal into the International arena by active partaking for Non-Align Countries with dictum of Five Precepts. International political changes and New emerging independent state like Bangladesh from East Pakistan and radical impact in gravity of domestic politics have made him ill, to endure with rigid rule. Each of which, took his health waned for cardiac failure at Chitwan, Diyalo Bungalow, in 1971$^{(BS}$

), while relishing in tiger hunting. He had three sons namely, Birendra, Gyanendra and Dhirendra and two daughters Sharada and Shanti from Indra Rajya Laxmidevi Shah. After her demise married with sister-in-law Ratna Rajyalaxmi Shah.

Birendra Bir Bikram Shah(1971-2001)

After impulsive death of Mahendra, his crown prince Birendra replaced the throne by hurried oath-taking ritual of Hanumandhoka. Then, dead body of late king was brought

in Kathmandu to cremate in Pashupati, and declared 13 days national mourning. His new rule was attested by mint of one rupee's double coin with "Sri 5 Birendra" legend of traditional motif. He minted coins with various denominations for ceremonial to commemorative routine and special set of pure 24 carat gold$^{(Asarphi)}$, in double mohar of 27.5 millimeter size of 10 grams. His ascending to throne was marked by "crown" motif in coin of 1971, 72, and 73. His nearly 34 years prolonged rule have manifested vivid socio-political changes in Nepal. He was the first abroad educated king in Eton college, England. He had democratic and liberal vision with socio-political norms in awareness of Global notice. His first accent of coronation in 1973 has made him popular for liberal king with sharp vision on development of Nepal. It was shown by his declaration of Nepal as the 'Zone of Peace' and needs of 'South Asian Alliance of Regional Countries' for stepping down in the path of middle way politics for the global harmony. His proposal of 'Zone of Peace' was accepted by 117 countries, but failed within the landing for democratic referendum to the party-less and multi-partied Kingship in 1990. Political volatilities remain motifs of multi-partied system in spread of its systemic refutations, which bulged in Maoist's insurgency for the people's revolution during his reign. At last, his end was made victimized by homicide with Royal families in Narayanhiti Palace of BS 2062, Jesth 19. He died along with his queen Aishwarya, princess Sruti and prince Nirajan, including his exiled brother Dhirendra in gunfire during the get together session. It was indicted for furious deed of Crown prince Dipendra, who said to have shot all to the death along with more than twenty-two royal members to injury and assault in Jestha 19 massacre. His clan was eliminated by this assassination of Jestha, leaving just a family of prince Gyanendra survived in dirge and to be coroneted as 'emergency king' once again.

Dipendra Bir Bikram Shah Dev(2001)

Prince Dipendra was victimized for the cause of this cryptic massacre. It was said raised from the disputed matter of his marriage with Supriya Shah in court's approval but he was for his love with Devayani Rana. He also was killed in carnage remaining lifeless for three days and declared 'King' after the demise of Birendra.

Gyanendra Bir Bikram Shah Dev(2001-2008)

After shocking royal massacre of Birendra and his kinfolks, prince Gyanendra was chosen for the president of Royal Representatives Council and a king in June 4, 2001. This was his second ad-hoc basis in rule for the archetypal of king in Shah dynasty after Nov 6,1950. It leads him for the last monarch of Shah dynasty in Nepal. In April 6 2006, he was forced to give up his rule by widespread people's protest. He tried to retaliate it under political pressure but fail to do it against the ocean of public Tsunami in mutiny. At last, he stepped down from the crown, ending the prospect of Kingship in Nepal, forever, in May 28, 2008. It was for the Federal Democratic Republics of Nepal declared by the newly elected Constitutional Assembly.

미란 라트나 샤키아
(트리부반대학교 불교학과 교수)

Prithvi Narayan Shah(c.1722-1774)

1722년에 태어난 Prithvi Narayan Shah는 Gorkha King Nara Bhupal Shah와 두 번째 왕비 Kausalya Devi의 장남이다. Prithvi는 Dalmardan 와 Prithvipal의 두 남동생과 Padma Kumari와 Vishal Vadana의 두 여동생을 가졌다. 그는 세 번째 어머니 Buddhimati 슬하의 Surapratap라는 형제와 Padma Vadana, Indu Kumari, Sarpa Vadana라는 세 명의 여동생도 있었다. 그리고 막내 어머니 Subhadravati 슬하의 Mahottamkirti와 Daljit라는 두 남동생과, Mahalaksmi, Padmanetra 및 Suratkumari라는 세 명의 여동생을 가졌다.

Prithvi Narayana는 Gorkha 언덕 지대에 거처를 두고 있었던 Yogi Gorakhnath에 의해 축복받은 젊은 시절부터 야망을 갖고 있었다. 이 장소의 이름은 그의 카리스마의 근원이었다. Yogi는 Prithvi 왕자에게 반쯤 먹은 두부로 축복했다. 그러나 그는 비웃지는 않았지만 발에 두부를 부었다. 이것으로 Yogi는 그의 앞길에 정복을 예언했다. 그는 1737년 Makawanpur 왕인 Hemakarna Sena의 딸 Indrakumari와 처음 결혼했다. 그곳은 Terai의 언덕길에서 무역을 하는 곳이었다. 그러나 이 결혼 생활은 결혼 지참금에 관한 분쟁으로 흔들렸다. 모욕감에 시달린 그는 Varanasi의 Rajput 상인인 Abhiman Singh의 딸인 Narndralaksmi와 다시 결혼했다. 그의 도움은 그의 야망에 도움이 되었다. 그 후, 그는 네팔 통일을 위해 1739년에 Lamjung에서의 휴전과 Palpa에서의 원조로 카트만두 계곡을 정복했다. 1744년의 승리 이후에, 마침내 1768년 9월 그는 네팔 (카트만두) 계곡을 넘어서 더 거대한 왕국을 건설했다. Prithvi Narayan Shah는 '국가의 건설자'라고 불린다. 그는 1776년 52세의 나이에 Nuwakot에서 사망했다.

Tribhuwan Bir Bikram Shah Dev(1906-1950 / 1950-1954)

트리부반은 왕 Prithi 왕과 Punjabi Rajput 출신인 Laxmi Divyesvari 왕비 사이에서 1906년에 태어났다. 그때는 라나(Rana) 정권의 Chandra Samsher 수상 시기였다. Prithi 왕은 독살당했고 트리부반은 1911년 5세의 나이에 '첫 아기 왕'이 되었다. 그의 집권 시기는 전통적으로 꼭두각시 왕위 시기였다. 왜냐하면 라나 정권의 수상들이 권력을 갖고 있었기 때문이다. Chanra(28년), Bhim(33개월), Juddha(13년), Padma(2년), Mohan Samsher(3년)이 수상으로 권력을 누렸다. 그는 1950년에 라나 정권이 폐지됨으로써 네팔에 민주주의 자유를 누리기 전까지 5명의 라나 수상들과 정권을 공유했다. 그는 104년을 이어 온 라나 정권을 끝냄으로써 '국가의 아버지'로 간주되었다. 민주화 이후에, 트리부반 왕은 '첫 번째 민주적 국왕'으로 회복되었고 첫 번째 동전(mohar)은 '왕관으로부터의 자유'를 의미하는 '네팔 모자'를 쓴 왕의 모습으로 도안되었다. 그는 네팔 최초로 직접 권력을 잡은 국왕이 되었다. 그러나 그는 스위스 취리히의 Canteen 병원에서 1954년 3월에 사망했다. 스위스에서 1953년의 왕실 성명서에서,

왕은 '국민의 여론'에 따라 마헨드라 왕세자가 왕위를 잇는다고 선포했다. 트리부반 왕은 당시 인기 많은 국왕이었고, 'Shri 5 Tribhuwan Prajatantra Shri Pad'라는 별명으로 민주주의의 선구자로 존경받았다. 그는 네팔력 2011년에 스위스에서 사망했고 그의 시신은 다음해인 2012년에 고국으로 돌아왔다.

Gyanendra Bir Bikram Shah(1950)

1950년 11월 6일, 라나 정권에 대항한 시민혁명의 영향으로 트리부반 왕은 그의 왕실 가족들과 함께 카트만두에 있는 인도 대사관에 피난처를 마련했다(네팔력 2007년 Kartika, 21). 시민혁명에서 왕의 포로는 왕족처럼 행세하는 주정부보다 앞선 선동의 상징이었다. 따라서, 왕은 라나 정권에 대항하기 위해 망명이라는 큰 작전을 썼다. 이 망명은 너무 급히 이루어졌기에 왕의 두 번째 손자인 가넨드라는 Sano-Tundikhel의 Haribhawan의 어머니집에 남겨졌다. 이때 Mohan Samsher 수상은 대사관에서 왕권을 빼앗기 위해 폭력을 가했다. 하지만 국제법을 받아들인 후에야 비로소 물러났다.

인도 대사관은 모든 왕실 손님들을 안전하게 델리로 데려갔다. 그곳에서 그들은 네루 수상으로부터 네팔 왕권의 복권을 도모하기 위해 절차상 모든 환대를 받았다. 이 순간, 분노한 라나 정권 수상인 Mohan Samsher는 1950년 'Sri 5 Gyanendra'라는 이름으로 4세의 손자에게 아기 왕의 대관식을 제의함으로써 권력을 빼앗아갔다. 이 Shah 왕조 두 번째 아기 왕은 라나 가문에 의해 3개월 10일 동안 할아버지의 왕관을 대신 쓰게 되었다. 그것은 50 Paisa 동전과 금 Asarphi에 의해 기념되었고, 그것은 네팔의 Shah 왕조 화폐 역사에 독특하게 남아 있다. 그의 형식적인 왕위는 네팔력 2007년 Faguna 7일 국가 민주주의 선언 때까지 지속되었다. 그는 새로운 민주적 왕인 할아버지 트리부반 국왕으로 대체되었다.

Mahendra Bir Bikrama Shah Dev(1954-1971)

마헨드라는 트리부반의 장남으로 민주화가 이루어진 1954년에 왕위에
올랐다. 그러나 그는 강한 영향력을 가진 전통적인 국왕이 되고 싶어했기
때문에, 새로운 판차야트(Panchayat) 시스템을 도입함으로써 민주적인 다당
제를 정당없는 제도로 갑자기 바꾸었다. 그의 2명의 남동생 Basundhara
와 Himalaya는 자신들의 사업을 위해 정치에는 냉담했다. 그는 1960년에
망명 또는 감옥에 있던 모든 지도자들을 제거하고 네팔에 정당없는 판
차야트 제도를 도입함으로써 왕실에서 국민들에 이르는 왕의 직접 통치
를 시작했다. 그는 왕권 강화를 위해서 네팔을 14개의 존과 75개 구역으
로 나누는 지방분권화를 구축했다. 모든 지역발전을 위한 '마을로 돌아
가기' 캠페인은 마헨드라 고속도로로 Terai에서 동서를 연결하는 것으로
이어졌다.

그러나 국민들이 원하는 다당제 체제는 그의 계획과는 모순되었다. 그
는 성명서에 모국어로 네팔어를 사용했다. 다음으로 그는 오계(불교의 5개
의 계율)의 신조를 비동맹 국가들에게 적극적으로 홍보하면서 네팔을 국제
사회에 소개했다. 동파키스탄에서 독립한 방글라데시와 같은 새로 등장
하는 국가와 국제 정치 변화, 그리고 국내 정치의 급진적인 영향으로 스
트레스를 받던 그는 병에 걸리게 된다. 1971년 호랑이 사냥을 하고 있던
Chitwan의 Diyalo Bungalow에서 심장마비로 건강이 약화되었다(네팔력
2028년 Magh 17). 그는 Indra Rajya Laxmidevi Shah 왕비에게서 비렌드라, 가
넨드라, 디펜드라의 3형제와 Sharada와 Shanti라는 두 딸을 두었다. 첫
번째 왕비인 Indrad가 죽은 뒤에는, 처제인 Ratna Rajyalaxmi Shah와 결
혼했다.

Birendra Bir Bikram Shah (1971-2001)

마헨드라의 갑작스런 죽음 이후, 그의 왕세자 비렌드라가 Hanumandhoka
에서 서두른 의식으로 왕위를 이었다. 그 후 돌아가신 임금의 시신은 카

트만두의 Pashupati에서 화장을 하기 위해 옮겨졌고 13일간 국장을 선포했다. 그의 새로운 집권은 전통적인 주제의 'Sri 5 Birendra'가 새겨진 1루피의 동전을 만듦으로써 입증되었다. 그는 새 임금의 취임을 기념하기 위해서 다양한 액면의 동전을 발행했고 24캐럿 순금(Asarphi) 세트와 27.5mm/10그램의 2 mohar 동전을 발행했다. 그의 왕위는 1971년, 72년, 73년의 동전에서 '왕관' 주제로 표시되었다. 그의 34년의 통치는 네팔에서 생생한 사회 정치적 변화를 가져왔다. 그는 해외인 영국 이튼 칼리지에서 교육받은 최초의 왕이었고, 세계에 관한 인식에서 사회 정치적 규범을 갖춘 민주적이고 자유로운 시각을 가지고 있었다.

1973년 대관식에서 연설을 통해, 그는 네팔의 발전에 대한 날카로운 비전을 가진 진보적인 왕으로 유명해졌다. '평화지역'이라는 네팔 선언과 세계 평화를 위한 중도정치의 길을 걷는 '남아시아 동맹'에 대한 필요성으로 그의 비전은 보여졌다. '평화지역'에 대한 그의 제안은 117개국에 의해 받아들여졌지만, 1990년의 정당 없는 왕권과 다당제 왕권을 묻는 민주적 국민투표의 안착에는 실패했다. 다당제에 대한 체계적인 반론이 확산되면서 다당제 체제의 주제는 정치적 변동성 아래에 여전히 남게 되었다. 이런 다당제에 대한 반론은 그의 집권 기간 동안 일어났던 인민혁명을 위한 마오이스트들의 반란 동안 팽배했다.

그리고 그의 마지막은 네팔력 2062년 Jesth 19일에 Narayanhiti 궁전에서 일어났던 왕실 대학살 사건으로 끝났다. 그는 아이슈와라(Aishwarya) 왕비, Sruti 공주, Nirajan 왕자, 그리고 망명했던 형제 Dhirendra와 함께 총격전으로 사망했다. 이 사건은 22명 이상의 왕족이 사망한 참혹한 학살로 범행을 저지른 디펜드라 왕세자는 기소되고 Jestha 19 대학살로 불리운다. 그의 일족은 이 대학살로 모두 사망하고, 이 슬픈 비극 속에서 가넨드라 왕자 가족만 살아남았고, 다시 한 번 '비상사태 왕'으로 추대되었다.

Dipendra Bir Bikram Shah Dev(2001)

디펜드라 왕자는 이 의문투성이의 대학살의 원인으로 희생되었다. 그는 Devayani Rana와 사랑에 빠졌지만, 법원에서 결정한 Supriya Shah와의 결혼 생활 때문에 불만이 있었다고 전해졌다. 그는 대학살 후 3일 동안 무의식 상태로 있다가 사망하게 되고, 비렌드라 왕의 서거 후에 차기 '왕'으로 선포되었다.

Gyanendra Bir Bikram Shah Dev(2001-2008)

비렌드라 왕과 그의 친족의 충격적인 왕실 대학살 이후, 2001년 6월 4일에 가넨드라 왕자는 왕실 대표의회 대통령과 왕으로 선출되었다. 이것은 1950년 11월 6일 이후, Shah 왕조의 전형적인 국왕의 규칙을 지키기 위한 두 번째 임시방편이었다. 그는 네팔의 Shah 왕조의 마지막 군주였다. 2006년 4월 6일, 그는 전폭적인 국민들의 시위로 국왕의 통치를 포기해야 했다. 그는 정치적 압력을 통해 보복하려 했지만 국민들의 민주화의 열망에 대항하지 못했다. 마침내 2008년 5월 28일 네팔 왕조 역사를 영원히 마감하고 왕위에서 물러났고, 새로 선출된 제헌의회에서 네팔연방민주공화국을 선언했다.

1장 트리부반 왕
King Tribhuvan Bir Bikram Shah

THE STORIES OF NEPAL KING'S STAMP

NEPAL

15 April 1954 Effigy of King Tribhuvan
Nepal stamp catalogue number: 87 Scott catalogue number: 60

▶ Technical Detail ···

Description : Effigy of King Tribhuvan
Date of Issue : April 15, 1954
Value : 2 Paisa
Color : Chocolate
Overall Size : 18x22mm
Perforation : 13.5x14
Sheet : 320 Stamps
Designer : Chandra Man Maskey
Printed by : India Security Printing Press, Nasik, India

카트만두 네팔의 수도 선언

네팔은 통일국가를 이루기 전까지 10여 개의 소 국가들이 난립해 있었다.

1743년에서 1769년에 걸쳐, 프리뜨비 나라얀 샤(Prithivi Narayan Shah) 대왕이 뉴와코트(Nuwakot), 마카완푸르(Makawanpur), 키리티푸르(Kirtipur), 카트만두(Kathmandu)를 포함한 많은 작은 왕국들을 정복하였다.

그러다 1768년 9월 25일에, 수도 카트만두에서 사람들이 인드라자트라(Indrajatara) 축제를 즐기는 동안 수도를 쉽게 함락하였다. 그리고 기타 전국에 흩어져 있는 24개의 소국들을 점령한 후에 프리뜨비 나라얀 샤 대왕은 나라 이름을 카트만두에서 네팔로 변경하였다. 새로운 국가의 영토는 남쪽은 갠지스 강과, 북서쪽으로는 캉그라(Kangra) 밸리, 그리고 동쪽으로는 티스타(Teesta) 강까지 다다랐다. 나중에는 박타푸르(Bhaktapur)와 파탄(Patan)까지 정복하였다.

3월 21일에 대왕은 카트만두를 새 왕국 네팔의 수도로 선언하였고, 1775년 1월 10일에 대왕은 세상을 떠났다.

Nuwakot, Makawanpur, Kirtipur, Kathmandu Bhaktapur, Patan 등은 모두 도시이름으로 이 도시를 중심으로 작은 왕국이 있었다. Kangra, Teesta는 지명이다. Indrajatara는 Yenyā로도 알려져 있으며 네팔 카트만두에서 가장 큰 종교적 거리 축제이다. Ye는 '카트만두'를 의미하고 nya는 '축하'를 뜻하여 '카트만두 계곡의 축하'를 의미한다.

15 April 1954 Effigy of King Tribhuvan
Nepal stamp catalogue number: 88 Scott catalogue number: 61

▶ Technical Detail ··

Description : Effigy of King Tribhuvan
Date of Issue : April 15, 1954
Value : 4 Paisa
Color : Green
Overall Size : 18x22mm
Perforation : 13.5x14
Sheet : 320 Stamps
Designer : Chandra Man Maskey
Printed by : India Security Printing Press, Nasik, India

샤 왕조의 가장 뛰어난 왕

샤(Shah) 왕조는 Dravya Shah 왕의 후손들이다. 그들은 지금의 인도 Rajasthan 지역의 Chittor 출신인 Sisodia Rajput 씨족이었다. 그들이 처음 정착했던 Gorkha라는 지역 이름을 따서 씨족 이름을 Gurkha라고 지었다. Prithivi Narayan Shah 왕이 고르카 왕조를 건설한 이후로 여러 명의 왕들이 네팔을 지배했지만, 나중에는 쿠데타로 집권한 라나(Rana) 가문에 권력을 넘겨야 했다.

네팔을 다스린 여러 명의 샤 왕들 중에서, 트리부반 왕이 가장 유명한데 그는 1906년 6월 23일에 Prithvi Bir Bikram Shah 왕과 Divyeshwari Rajya Laxmi Devi Shah 여왕 사이에서 태어났다.

Gorkha는 네팔의 중부에 있는 도시로 샤 왕조의 근거지다. 라나(Rana) 가문은 정 바하두르(Jung Bahadur Raba 1817-1877)가 라젠드라 국왕(King Rajendra)을 폐위시키고 쿠데타로 정권을 잡은 1846년부터 1951년까지 104년간 왕을 허수아비로 삼고 독재 정권을 세습했다.

15 April 1954 Effigy of King Tribhuvan
Nepal stamp catalogue number: 89 Scott catalogue number: 62

▶ Technical Detail ···

Description : Effigy of King Tribhuvan
Date of Issue : April 15, 1954
Value : 6 Paisa
Color : Rose
Overall Size : 18x22mm
Perforation : 13.5x14
Sheet : 320 Stamps
Designer : Chandra Man Maskey
Printed by : India Security Printing Press, Nasik, India

친 자매 왕비를 둔 왕

프리뜨비 비르 비크람 샤(Prithvi Bir Bikram Shah 1875-1911) 왕이 죽고 그 아들인 트리부반(Tribhuvan Bir Bikram Shah) 왕이 1911년 12월 11일 5살의 나이로 왕위에 올랐다. 네팔 샤(Shah) 왕조의 제8대 왕이다. 그가 성인이 될 때까지는 어머니인 디 뷔슈와리 라즈야 락스미(Divyeshwari Rajya Laxmi Devi) 왕비가 섭정을 했다.

1919년 3월, 트리부반 왕은 칸티 라즈야 락스미(Kanti Rajya Laxmi Devi Shah)와 이스와리 라즈야 락스미(Ishwari Rajya Laxmi Devi Shah) 두 명의 여성과 결혼했는데 이 둘은 서로 친 자매지간이었다. 그리고 3명의 아들과 10여 명 이상의 딸을 낳았다. 3명의 아들의 이름은 마헨드라(Mahendra), 히말라야(Himalaya) 그리고 바순다라(Basundhara)이다.

그는 여러 나라에서 훈장을 받기도 했는데, 아프가니스탄의 리본훈장(1950년), 이탈리아 훈장(1954년), 그리고 프랑스 명예훈장을 받았다.(1954년)

15 April 1954 Effigy of King Tribhuvan
Nepal stamp catalogue number: 90 Scott catalogue number: 63

▶ Technical Detail ···

Description : Effigy of King Tribhuvan
Date of Issue : April 15, 1954
Value : 8 Paisa
Color : Violet
Overall Size : 18x22mm
Perforation : 13.5x14
Sheet : 320 Stamps
Designer : Chandra Man Maskey
Printed by : India Security Printing Press, Nasik, India

인도 뉴델리로 망명

　트리부반 왕 통치 시기에 라나 가문이 권력을 잡게 되면서, 왕실과 라나 가문 사이에 경쟁구도가 심해졌다. 1차대전이 일어나자, 라나 가문은 당시 인도를 지배하고 있었던 영국 편에 서서 전쟁에 참가하길 원했다. 그래서 당시 수상이었던 찬드라 샴셰르 정 바하두르 라나(Chandra Shamsher Jung Bahadur Rana)는 어린 왕을 압박해서 전쟁에 군대를 파견하게 된다. 하지만 1930년대 중반까지 라나 가문의 통치에 불만을 품은 세력들의 움직임이 점차 확산되고, 결국 트리부반 왕은 그들과 손잡고 라나 가문을 쫓아내려고 시도한다.

　그런 수십 년간의 갈등 끝에, 1950년 11월 트리부반 왕은 지난 100여 년간 네팔을 지배했던 라나 가문의 독재를 끝내기 위해서 카트만두의 인도 대사관으로 대피한다. 그리고 11월 10일, 마침내 둘째 손자 가넨드라(Gyanendra)를 제외한 모든 왕가 가족들이 두 대의 비행기로 나누어 타고 인도 뉴델리로 망명하게 된다.

15 April 1954 Effigy of King Tribhuvan
Nepal stamp catalogue number: 91 Scott catalogue number: 64

▶ Technical Detail ···

Description : Effigy of King Tribhuvan
Date of Issue : April 15, 1954
Value : 12 Paisa
Color : Red Orange
Overall Size : 18x22mm
Perforation : 13.5x14
Sheet : 320 Stamps
Designer : Chandra Man Maskey
Printed by : India Security Printing Press, Nasik, India

극적인 3자협약, 네팔로 귀국

1950년 11월 7일, 수상 모한 섬샤르 라나(Mohan Shamsher JB Rana)는 망명한 트리부반 왕을 대신해서 그의 세살박이 손자 가넨드라(Gyanendra) 왕자를 왕위에 올린다. 그러나 1951년 1월 8일, 즉위식이 취소되는 사태가 발생한다.

1951년 1월 10일, 트리부반 왕은 해방군대에게 국가를 위해서 무기를 내려 놓으라고 요청한다.

1951년 1월 16일, 수상 모한 섬샤르 라나와 네팔 의회당 당수가 뉴델리로 날아간다. 당시 인도 수상이었던 네루의 중재로, 트리부반 왕, 수상 모한 섬샤르 라나, 그리고 네팔 의회당 당수 간에, 네팔의 평화와 질서를 위한 3자협약이 이루어진다. 이 극적인 3자협약으로, 트리부반 왕은 1951년 2월 15일에 다른 왕실 가족들과 함께 네팔로 귀국한다.

15 April 1954 Effigy of King Tribhuvan
Nepal stamp catalogue number: 92 Scott catalogue number: 65

▶ Technical Detail ··

Description : Effigy of King Tribhuvan
Date of Issue : April 15, 1954
Value : 16 Paisa
Color : Red Brown
Overall Size : 25.5x29.5mm
Perforation : 13.5x14
Sheet : 120 Stamps
Designer : Chandra Man Maskey
Printed by : India Security Printing Press, Nasik, India

네팔의 민주화 선언

1951년 2월 18일, 귀국 3일 후 트리부반 왕은 라나 가문의 권력의 종말을 선언하고 네팔의 민주화를 선포한다. 다당제를 기초로 한 민주정치가 시작되고, 전 세계로 개방도 이루어진다. 또 트리부반 왕은 국부로 칭송받게 된다.

1951년, 트리부반 왕은 아난다쿠티 비하르(Anandakuti Vihar)를 방문했을 때, 샤 왕조의 전통을 깨고 금기시되어 왔던 불교사원을 방문한다. 수많은 군중 사이에서, 트리부반 왕은 석가탄신일(Baisakha Purnima)을 왕국 공식 휴일로 선언한다.

트리부반 왕의 민주화 선언 이후로, 여러 정당들이 생겨나고 다양한 정치적 활동들이 이루어진다. 그러던 중 1952년 1월, 싱기 두르발(Singha Durbar) 왕궁 비서실을 급습한 무장 세력들에 의해 네팔 정부를 전복시키려는 쿠데타가 일어났다. 그러나 쿠데타는 실패하고 트리부반 왕은 반역 쿠데타 세력으로 인한 혼란을 막기 위해 비상사태를 선언하게 된다.

15 April 1954 Effigy of King Tribhuvan
Nepal stamp catalogue number: 93 Scott catalogue number: 66

▶ Technical Detail ···

Description : Effigy of King Tribhuvan
Date of Issue : April 13, 1954
Value : 20 Paisa
Color : Carmine Red
Overall Size : 25.5x29.5mm
Perforation : 13.5x14
Sheet : 120 Stamps
Designer : Chandra Man Maskey
Printed by : India Security Printing Press, Nasik, India

네팔어, 네팔 공식 언어 지정

1952년, 인도의 정부 관료들이 네팔 정부조직의 개선을 돕기 위해서 네팔을 방문한다. 이른바 부흐(Buch)위원회라고 알려진 이들은 몇 가지 네팔 정부 개선안을 제안한다.

1952년 2월, 네팔 최초로 예산이 도입되고, 3월에는 네팔어를 네팔 정부 공식 언어로 지정하고 그 외에 어떤 다른 언어도 허용되지 않기로 한다. 같은 해에, 네팔은 콜롬보 계획(남아시아 및 동남아시아에 대한 협동적 경제개발을 위한 국제협약)의 멤버가 된다. 그리고 트리부반 그람 비카스 계획(Tribhuvan Gram Vikas plan)이라고 불리우는 농촌개발계획이 수립된다. 또 여성교육을 위해서 네팔 최초의 여학교, 파드마 카냐대학(Padma Kanya College)이 문을 연다.

15 April 1954 Effigy of King Tribhuvan
Nepal stamp catalogue number: 94 Scott catalogue number: 67

▶ Technical Detail ···

Description : Effigy of King Tribhuvan
Date of Issue : April 15, 1954
Value : 24 Paisa
Color : Rose Lake
Overall Size : 25.5x29.5mm
Perforation : 13.5x14
Sheet : 120 Stamps
Designer : Chandra Man Maskey
Printed by : India Security Printing Press, Nasik, India

세계보건기구(WHO) 가입

1952년 10월 21일, 트리부반 왕은 보다 강력한 권력을 위해서 인도인 고문을 임명한다. 1952년, 힌두교 축제인 다사인(Dashain) 과 티하르(Tihar)를 휴일로 제정한다.

1953년 12월 11일, 탕코트(Thankot)와 바이네스(Bhainse)를 잇는 고속도로가 준공되고 트리부반 라즈패스(Tribhuvan Rajpath)로 이름을 붙인다.

1954년, 파트나(Patna)와 카트만두(Kathmandu) 사이에 처음으로 항공우편이 시작되고, 국가교육위원회가 조직된다. 또 네팔은 세계보건기구(WHO) 회원국이 된다.

1954년 8월, 국왕과 왕족을 호칭할 때, '폐하' 또는 '전하' 같은 극존칭을 쓰는 법이 제정된다.

1955년 2월, 트리부반 왕은 병 치료를 위해 스위스로 떠나고 모든 권력은 마헨드라(Mahendra) 왕자에게 넘겨진다.

15 April 1954 Effigy of King Tribhuvan
Nepal stamp catalogue number: 95 Scott catalogue number: 68

▶ Technical Detail ···

Description : Effigy of King Tribhuvan
Date of Issue : April 15, 1954
Value : 32 Paisa
Color : Ultramarine
Overall Size : 25.5x29.5mm
Perforation : 13.5x14
Sheet : 120 Stamps
Designer : Chandra Man Maskey
Printed by India Security Printing Press, Nasik, India

48세의 나이로 별세

하지만 끝내 트리부반 왕은 아쉽게도 1955년 3월 13일, 48세의 나이로 스위스 취리히에서 사망한다. 그의 뛰어난 네팔에 대한 공헌을 기리기 위해서 카트만두의 유일한 국제공항을 그의 이름을 따 트리부반국제공항(Yribhuvan International Airport)으로 명명하게 된다. 또한 네팔의 첫 번째 고속도로에도 트리부반 고속도로(Tribhuvan Highway)라고 명명했다. 네팔의 첫 번째 대학도 그의 이름을 따서 트리부반대학교(Tribhuvan University)로 이름 짓는다.

그의 탁월한 정치력으로 인해, 라나 가문의 독재를 폭동이나 인명 피해 없이 몰아낼 수 있었다. 이런 예는 민주화 역사에서 매우 보기 힘든 드문 경우이다.

1951년 2월, 라나 가문의 독재가 종식된 후에야 비로소 네팔은 서방세계와 연결될 수 있었다. 여러 변화 중에서, 특히 네팔 우정제도는 근본적인 개혁을 맞이하게 된다. 그 결과 1956년 11월 11일, 마침내 네팔은 만국우편연합(Universal Postal Union) 회원국이 되고 네팔 우표도 전 세계로 퍼져 나가게 된다.

15 April 1954 Effigy of King Tribhuvan
Nepal stamp catalogue number: 96 Scott catalogue number: 69

▶ Technical Detail ··

Description : Effigy of King Tribhuvan
Date of Issue : April 15, 1954
Value : 50 Paisa
Color : Rose Pink
Overall Size : 25.5x29.5mm
Perforation : 13.5x14
Sheet : 120 Stamps
Designer : Chandra Man Maskey
Printed by : India Security Printing Press, Nasik, India

첫 상업은행, 네팔은행 설립

1918년, 트리부반 왕과 찬드라 샴셔르(Chandra Shamsher) 수상의 이름 앞 글자를 딴 트리 찬드라(Tri-Chandra)대학이 세워진다. 이 대학은 캘커타대학과 연계되어 있고, 지금까지도 정치학 분야에서 최고의 대학으로 알려져 있다.

1927년, 네팔 남부 락사울(Raxaul)에서부터 아마나레크구니(Amalekhgunj)까지 48km에 걸쳐 철도가 건설되고 트리부반 왕에 의해 개통된다.

1937년, 카트만두에 트리부반 왕에 의해서 첫 번째 상업은행인 네팔은행이 설립된다.

15 April 1954 Effigy of King Tribhuvan
Nepal stamp catalogue number: 97 Scott catalogue number: 70

▶ Technical Detail ···

Description : Effigy of King Tribhuvan
Date of Issue : April 15, 1954
Value : 1 Rupee
Color : Vermillion
Overall Size : 25.5x29.5mm
Perforation : 13.5x14
Sheet : 120 Stamps
Designer : Chandra Man Maskey
Printed by : India Security Printing Press, Nasik, India

인도·네팔 평화우호조약 체결

1950년 7월 31일, 인도와 네팔은 평화우호조약을 체결한다.

1951년 2월, 독재 정부가 시민의 요구에 굴복하고 민주화가 이루어지면서, 트리부반 왕이 카트만두로 돌아온다.

1951년 6월 15일, 인도의 네루 수상이 트리부반 왕의 초청으로 네팔을 방문한다.

1952년, 카트만두의 보타히티(Bhotahity)에 두르바르(Durbar)대학이 설립된다. 그러나 몇 년 후 트리 찬드라(Tri-Chandra) 대학과 통합한다.

1952년, 트리부반 왕은 라리트푸르(Lalitpur)에서 락샤 만달(Raksha Mandal)에 의해 조직된 아트전시회를 개최한다.

1954년, 트리부반 왕은 카트만두에 최초로 산스크리트어와 역사를 공부하는 산스크리(Sanskrit)대학을 설립한다.

15 April 1954 Effigy of King Tribhuvan
Nepal stamp catalogue number: 98 Scott catalogue number: 71

▶ Technical Detail ···

Description : Effigy of King Tribhuvan
Date of Issue : April 15, 1954
Value : 2 Rupee
Color : Orange
Overall Size : 25.5x29.5mm
Perforation : 13.5x14
Sheet : 120 Stamps
Designer : Chandra Man Maskey
Printed by : India Security Printing Press, Nasik, Indiak

네팔 최초의 대학 트리부반대학 설립

1953년 12월 11일, 탕코트-바인세(Thankot-Bhainse) 사이 고속도로가 개통되고 칸티 라즈야 락스미(Kanti Rajya Laxmi Devi Shah) 왕비가 개통식에 참가한다. 고속도로는 트리부반 라즈패스(Tribhuvan Rajpath)라고 명명된다. 그 길의 주춧돌은 인도의 도움을 받아 1951년에 수상에 의해서 준비되었다. 몇 년 후인 1956년 이 길은 마헨드라(Mahendra) 왕에게 헌정되어진다.

그 당시 네팔의 사회·정치적 분위기 때문에 왕비는 사회활동을 적극적으로 할 수 없었다. 그러나 남편인 트리부반 왕의 이름을 딴 네팔 최초의 대학교를 설립할 때, 칸티, 라즈야 락스미(Kanti Rajya Laxmi Devi Shah) 왕비는 키르티푸르(Kirtipur)라는 남부 지역에 세워진 트리부반대학 건물의 주춧돌을 세웠다. 이때가 바로 1958년 6월 25일이다.

2 May 1956 King Mahendra and Queen Ratna Rajya Laxmi(Coronation Series)
Nepal stamp catalogue number: 115 Scott catalogue number: 88

▶ Technical Detail ··

Description : King Mahendra Bir Bikram Shah Dev and Queen Ratna Rajya
              Laxmi Dev(Coronation Series)
Date of Issue : May 2, 1956
Value : 1 Rupee
Color : Brown Red
Overall Size : 29.5x25mm
Perforation : 14x14
Sheet : 100 Stamps
Designer : Amar Chitrakar
Printed by India Security Printing Press, Nasik, India

마헨드라(Mahendra) 왕과 라트나(Ratna) 왕비

마헨드라 왕 즉위식 때 영국의 톰즈 쿡(Thomas Cook) 여행사에서 네팔 관광 역사상 최초로 대규모의 서구 관광객들을 모집했다. 영국의 멜버른에서 태어난 톰즈 쿡(1808-1892)은 토마스쿡 엔 손(Thomas Cook & Son)이라는 관광회사를 세웠고, 이 회사는 나중에 토마스 쿡 에이지(Thomas Cook AG)를 거쳐 2007년에는 토마스 쿡 그룹(Thomas Cook Group plc) 이름으로 개명한다.

그의 대관식에는 58개국에서 300여 명의 국빈들이 참여했으며 우리나라에서도 당시 외무부 장관인 김동조 장관이 참석했다.

18 February 1961 10th Democracy Day
Nepal stamp catalogue number: 157 Scott catalogue number: 129

▶ Technical Detail ···

Description : 10th Democracy Day King Tribuvan Bir Bikram Shah Dev
Date of Issue : February 18, 1961
Value : 10 Paisa
Color : Red Brown & Orange
Overall Size : 29x39.1mm
Perforation : 13x13.5
Sheet : 35 Stamps
Prnted by India Security Printing Press, Nasik, India

네팔 민주화 10주년 기념

모든 나라들은 자기들에 적합한 정치제도를 찾고자 한다. 그 정치제도들은 궁극적으로 그 나라의 전통과 현실에 기반을 두어야 하고 국민들이 원하는 요구들을 성공적으로 대변해야 한다.

104년 동안의 라나 가문의 독재가 끝난 후에, 민주화가 이루어진 게 1951년 2월 18일(네팔력으로는 2007년 11월 7일)이다. 2007년 혁명이라고 불리우는 네팔의 1951년 민주화는 라나 가문의 통치에 반대하는 정치적 혁명이었다. 이 혁명으로 네팔의 민주화와 정치적 진보가 이루어졌고, 수상의 세습화가 없어지는 계기가 되었다. 그러나 이런 격동 속에서도, 민주화에 대한 갈망은 민중들의 가슴속에 깊이 새겨졌었고, 결국 변함없이 민주화라는 믿음을 간직하는 계기가 되었다. 민주정치제도를 이루기 위해 여러 종류의 실험적 제도가 시도되었지만 솔직히 말한다면, 그런 민주제도가 국민들에게 직접적으로 체감되지는 못했다.

1979년 1월 14일, 하누만 도카(Hanuman Dhoka) 왕궁에서 트리부반 왕 추모위원회가 설립되었고, 트리부반 왕이 사용했던 여러 물품들이 일반 국민들에게 보여지는 전시회도 열렸다.

16 February 2001 50th Anniversary of the Establishment of Democracy (15)
Nepal stamp catalogue number: 749 Scott catalogue number: 690

▶ Technical Detail ···

Description : 50th Anniversary of the Establishment of Democracy
Date of Issue : February 16, 2001
Value : 5 Rupee
Color : Multicolor
Overall Size : 28.56x39.23mm
Perforation : 11.75x11.5
Printed by Helio Courvoisier S.A.,Switzerland

네팔 민주주의 50주년 기념

민주주의는 인간이 만든 최고의 정부 제도이다. 민주주의는 국민의 권리를 보장하고, 개인의 잠재된 능력을 실현하고 국가의 번영을 이루게 하는 유일한 제도이다.

민주주의는 경쟁을 의미하기도 하지만, 참여와 타협으로 상대방의 반대 의견·생각을 인정하는 분위기에서야 비로소 성공적으로 실현될 수 있다.

본질적으로, 민주주의는 장기적인 안정성을 가져오지만, 단기적으로는 국내 및 국제 간의 약간의 갈등을 초래하기도 한다. 오늘날 세계의 민주사회가 직면한 문제들은 다른 정치제도하에서는 해결책을 찾을 수가 없다고 믿어진다. 비민주사회에서는 이러한 문제들이 더 악화될 뿐이다.

1 July 1969 64th Birthday of Late King Trivhuvan the Father of Nation
Nepal stamp catalogue number: 255 Scott catalogue number: 222

▶ Technical Detail ···

Description : 64th Birthday of Late King Trivhuvan the Father of Nation
Date of Issue : July 1, 1969
Value : 25 Paisa
Color : Yellow & Olive Gray
Overall Size : 40.6x22.8mm
Perforation : 14.5x14
Sheet : 50 Stamps
Quantity : 2 Hundred 50 thousand
Designer : K. K. Karmacharya
Printed by India Security Printing Press, Nasik, India

트리부반(Tribhuvan) 왕의 64세 생일 기념

트리부반 왕의 가장 젊은 두 번째 왕비, 이스와리 라즈야 락스미(Ishwari Rajya Laxmi Devi Shah)는 활동적이지 않고 왕 옆에서 조용히 동반자 역할을 수행했다.

카트만두 계곡과 테라이(Terai) 지역을 연결하는 고속도로가 있다. 이 도로는 왕비의 이름을 따서 칸티 라즈패스(Kanti Rajpath)로 명명되었다. 이 도로는 마하바라트(Mahabharat) 산맥(소히말라야산맥)의 위험한 장애물들과 높은 고도를 피하면서 헤토우다(Hetauda)에 도달하기 위한 길로서, 네팔 군대가 1954년에 도로설계를 마쳤다. 네팔 군대는 1960년에 전체 91km의 길 중에서 70km를 건설 완료했다.

그 당시 왕비는 국가의 사회정치적 상황 때문에 활발한 활동을 하지 않았다. 그러나 여러 가지의 위대한 업적으로 국민들을 고양시켰던 남편 트리부반 왕의 이름을 딴 네팔 최초의 대학 설립을 위해서, 칸티 라주야 락스미(Kanti Rajya Laxmi Devi Shah) 왕비는 1958년 6월 25일, 키리티푸르(Kilitipur) 지역 남부 골짜기에 트리부반대학교(Tribhuvan univwesity) 건물의 기초를 놓았다.

오늘날 이 도로는 고속도로 프로젝트로서 매우 인기 있는 프로젝트이다. 고속도로 프로젝트는 적어도 4세대가 꿈꾸어 온 국가적 계획사업이다.

17 February 2006 National Day, Late King Tribhuvan
Nepal stamp catalogue number: 858 Scott catalogue number: 768

▶ Technical Detail ···

Description : 55th National Day, Late King Tribhuvan
Date of Issue : February 17, 2016
Value : 5 Rupee
Color : Multicolor
Overall Size : 30x40mm
Perforation : 13.25x13
Printed by : Walsall Security Printers Ltd., U.K.

국가기념일, 트리부반(Tribhuvan) 왕

네팔은 또한 민주주의 체제에 의해 통치되는 나라이다. 네팔력 2007년(1951
년), 네팔은 처음으로 민주주의를 이루었다. 하지만 그것은 일당 체제의 제한적인 민주주의였다. 네팔력 2015년(1959년), 네팔은 두 번째의 민주주의를 얻었다. 그러나 정치 지도자들과 그들의 자가당착적인 정책 때문에 또다시 실패를 경험한다. 정부는 라나 가문과 네팔 의회 간의 분쟁으로 제대로 운영될 수 없었다. 2008년 네팔력 8월 1일, 연립정부가 해체되고 5일 후에 또 다른 정부가 구성되었지만, 2009년 네팔력 4월 20일에 다시 해체되었다. 그 후로는 민주 정부가 구성되지 않고 선거도 실시되지 않았고, 결국 수상은 2011년 네팔력 10월 18일에 사임하게 된다. 그때 권력은 마헨드라(Mahendra) 왕자에게 넘겨지고 트리부반 왕은 병 치료를 위해 스위스로 간다. 네팔력 2046년(1990년), 민중운동 이후에야 비로소 네팔은 다당제 체제하에 온전한 민주주의를 누릴 기회를 얻게 된다.

2006년 두 번째 민중운동이 성공한 후, 네팔은 전제군주제 체제에서 연방민주주의 국가로 바뀌게 된다. 그러나 그때 민중혁명 이후 10여 년이 지났음에도, 정부는 아직도 국민의 문제를 해결하지 못하고 빈부 격차는 더 커지고 있다. 교육받은 사람들은 제대로 된 직장을 구할 수 없고, 국민 대표자들은 부패에 연루된 혐의로 기소되고 있다. 그래서 아직도 안정된 정부와 행정기관이 없는 상태이다.

네팔의 어렵게 얻은 민주주의를 유지하기 위해서는 광범위한 국가적 공감대가 필요하다. 왜냐하면 민주주의가 살아남기 위해서는 국민들의 동의와 대중적 합법성에 의존하기 때문이다. 정치와 정책 결정, 민주적 과정과 제도의 정당성과 효력을 이루기 위해서, 모든 국민들의 의미 있는 참여가 무엇보다 중요하다. 네팔의 민주주의 발전의 성공 또는 실패는, 네팔의 정당·지도자·여러 분야의 국민 및 노동자의 역할에 직접적으로 달려 있다.

그들이 가지고 있는 이념에 상관없이, 정치 지도자들은 국민들이 약속을 지키지 않는 정치인들의 감언이설에 쉽게 넘어가지 않는다는 것을 깨달아야 한다. 정치 지도자들은 새로운 규범, 관행 및 교리를 따르면서, 국민과 국가의 공익을 위해, 그들에게 주어진 힘든 의무와 역할을 수행해야 한다. 그렇게 함으로써, 국민들은 네팔 헌법2072(2015)에 명시된 바와 같이 민주적 과정을 통해 민주주의의 새로운 결실을 누릴 수 있게 된다.

2장 마헨드라 왕
King Mahendra Bir Bikram Shah

THE STORIES OF NEPAL KING'S STAMP

NEPAL

14 April 1959 King Mahendra Bir Bikram Shah Dev on National Dress
Nepal stamp catalogue number: 133 Scott catalogue number: 119

▶ Technical Detail ··

Description : King Mahendra Bir Bikram Shah Dev on National Dress
Date of Issue : April 14, 1959
Value : 12 Paisa
Color : Bluish Black
Overall Size : 20x24mm
Perforation : 11x11
Sheet : 32 Stamps
Designer : Pashupati Lai Shrestha
Printed by Gorkha Patra Press, Kathmandu, Nepal

마헨드라(Mahendra) 왕 내셔널 드레스

1920년에 태어난 마헨드라 왕은 트리부반 왕의 3명의 아들 중 첫 번째 아들이다. 마헨드라 왕의 즉위식은 1955년 3월 14일 아버지 트리부반 왕이 돌아가신 날에 이루어졌고, 그 후로 민주적인 방식으로 국가를 통치하기 시작했다.

마헨드라 왕은 엄격한 라나 가문의 동의 없이는 카트만두의 정치 사회 활동에 참여하는 것이 허용되지 않았다. 또 1950년 이전에 다른 왕실 가족의 아들들도 그랬듯이, 네팔·인도 또는 해외의 현대교육도 받지 않았다. 1951년 라나 가문 독재 체제가 전복된 후에도, 이런 간섭과 외부 차단으로 마헨드라 왕의 정치적 견해와 가치관은 영향을 받을 수밖에 없었다.

한편, 1947년 대중의 불만과 영국의 인도 식민지 철수로 인해 라나 독재 정권은 점차 지지를 받지 못하게 되었다. 급기야 1950년 정치 상황이 악화되어, 왕족의 안전을 보장할 수 없는 상태에 이르렀다.

1955년, 트리부반 왕의 서거 후에, 왕세자 마헨드라는 왕위에 올랐다. 1951년 라나 정권의 전복부터 1955년까지의 기간은, 헌법, 선출된 의회, 책임 있는 내각이 없는 네팔 정치사에서 과도기적인 단계였다. 절대군주의 권위하에 명목상 행동하는 집행부는 여러 정당 지도자로 구성되었지만, 실제로 아무도 정치적 영향력이나 책임이 없었다.

1956년 5월 2일, 처음으로 많은 수의 외국 국가 수반들과 정부 대표들이 네팔을 방문하여 마헨드라 국왕의 대관식에 참석했다.

1954년 1월 4일, 마헨드라 왕세자는 네팔·인도 문화센터 개소식에 참석했다.

1955년 3월 13일, 트리부반 왕이 치료받고 있던 스위스 취리히에서 사망하면서, 마헨드라 왕자는 네팔 왕국의 왕위에 올랐다.

1955년 4월, 마헨드라 국왕은 인도네시아 방둥(Bangdung)에서 열린 아프리카·아시아 회의에 네팔 대표단을 파견했다.

1955년 5월, 마헨드라 왕은 나라얀히티(Narayanhity) 왕궁에서 네팔의 정치적 위기를 해결하기 위해, 국내의 모든 정당, 사회 및 문화단체 회의를 소집했다.

1955년, 마헨드라 왕은 부처님의 탄생지인 룸비니를 방문해서, 부처님 탄신일(Baisakh Purnima)에는 왕국 전역에서 모든 동물의 도축금지를 선언했다.

1955년 11월 15일, 마헨드라 왕은 다르모다야 사바(Dharmodaya Sabha)의 후원으로 네팔에서 열리는 불교 신자들의 제4차 세계대회 개최를 선언했다.

1956년 5월 2일, 처음으로 수많은 각주 및 정부 대표가 네팔을 방문하여 마헨드라 국왕의 대관식에 참석했다.

1956년 4월 26일, 마헨드라 왕은, 1955년 11월에 네팔 라스트라(Rastra) 은행 조례가 공포된 이후에 시행된 네팔 중앙은행(Rastra Bank)을 설립했다.

1956년 10월 인도공화국 대통령 라젠드라프라사드(Rajendra Prasad)가 마헨드라 왕의 초청으로 네팔을 방문했다.

1956년 12월, 트리부반 라즈패스(Tribhuvan Rajpath)라는 이름이 명명된 탕코트-바인세(Thankot-Bhainse) 도로가 네팔 주재 인도 대사에 의해 마헨드라 국왕에게 헌정되었다.

1957년 3월, 마헨드라 왕과 왕비는 스리랑카 정부의 초청으로 석가탄신일 행사를 축하하기 위해 스리랑카를 방문했다.

1957년 3월, 마헨드라 왕은 카트만두에 낙농 공장의 초석을 마련했다.

1957년 3월, 마헨드라 왕은 다르마 라즈 타파(Dharma Raj Thapa), 우스타드 야그나 라즈(Ustad Yagna Raj), 치따다르 흐리다야(Chittadhar Hridaya)의 3명의 시인에게 자나까비 케사리(Janakavi Kesari), 상시트 시로마니(Sangeet Siromani) 및 카비 케샤리

(Kavi Keshari)라는 칭호를 각각 부여했다.

1957년 7월, 마헨드라 왕은 네팔 총리로 연합 민주당의 싱(K. I. Singh) 박사를 임명했다.

1957년 11월, 마헨드라 왕과 왕비는 인도 대통령 라젠드라 프라사드(Rajendra Prasad) 박사의 초대로 한 달 동안 인도를 방문했다.

1957년 12월 15일, 마헨드라 왕은 첫 총선을 1959년 2월 18일에 치르기로 선포했다.

1957년 12월, 마헨드라 왕은 행정 및 경제개발에 관한 조언을 구하기 위해 국가지도위원회(National Guidance Council)를 구성하였다.

1958년 1월, 1956년에 기획된 네팔 경제5개년 계획을 실행하기 위해 히말라야 왕자의 주도하에 기획위원회가 구성되었다.

1958년 3월 16일, 마헨드라 왕은 5명의 헌법 초안 작성위원회를 임명했다.

1958년 6월, 마헨드라 왕과 왕비는 소련 대통령의 초청으로 당시 소련 연방을 방문했다.

많은 어려움 끝에 네팔은 1955년 12월 14일 유엔 회원국이 되었다. 마헨드라 왕의 통치 시기에 정부는 처음으로 정부 보직의 우선 순위를 발표했으며, 대법원법을 반포했고, 국왕에게 행정 및 개발 문제에 대한 자문을 위해 국가안내회의를 조직했다. 또한 마헨드라 왕은 헌법 초안 작성을 위해 5인위원회를 임명했다. 그리고 트리부반대학이 설립되었다.

1948~1957년 사이에 많은 정당이 설립되었다. 그리고 그 기간 동안 많은 수상들이 국가를 이끌었지만 모두 불안정한 정부가 계속되었다. 따라서 1957년 12월 15일에 민주주의 체제하의 국가 통치를 목적으로 마헨드라 왕

은 민주적 의회를 위한 첫 총선을 발표했다. 그 총선은 1959년 2월 18일에 열렸다.

1959년 2월 12일, 네팔 정부 대신에 폐하의 정부라는 용어가 도입되었다. 마찬가지로 외무부에서도 대사 대신에 황실 네팔대사(Royal Nepalese Ambassador)라는 용어가 도입되었다.

1959년 3월 1일, 마헨드라 왕은 어린이날을 기념하기 시작했고, 직접 어린이클럽의 수석 후원자가 되었다.

1959년 4월, 마헨드라 왕은 인도 네루 수상과 함께 네팔·인도 국경에 코시(Koshi) 댐의 초석을 깔았다.

1959년 4월 14일, 마헨드라 왕은 신축된 우체국 건물 개통식과 함께 국제우편 서비스를 시작했다. 그리고 1959년 10월 13일부터, 그의 폐하의 정부는 인도 대사관이 있는 카트만두에서 항공우편 서비스를 시작했다.

1959년 2월 12일, 마헨드라 왕은 다당제 민주주의 정치에 기반한 네팔 최초의 헌법을 공포했다. 하원의원을 선출하기 위한 첫 번째 일반선거가 1959년 2월 18일에 이루어졌고, 네팔 의회당이 109석 중 74석을 휩쓸었다.

1959년 5월 9일, 네팔 최초의 선거에 의해 선출된 정부가 구성되었다. 네팔 의회당 당수인 비스베쉬와르 프리사드 코이리라(Bisweshwor Prasad Koirala)가 첫 번째 수상으로 취임했고, 슈바마 샴셔르 라나(Subarna Shamsher Rana) 장군은 부총리로 지명되었다.

1959년 7월, 마헨드라 왕은 의회 개최를 선언했다.

1959년 11월, 마헨드라 왕은 네팔 로타리 클럽을 창설했다.

1959년 11월, 국왕 팀과 수상 팀 간의 자선 축구 경기가 다샤라스 경기장에서 열렸다. 이 경기에서 수상 팀이 2:1로 승리했다.

1959년에, 마헨드라 왕은 칸티 라즈패스(Kanti Rajpath) 도로를 새로 건설했고, 또한 헤토우다-나라얀가크(Hetauda-Narayanghat) 간의 도로도 새로 개통되었다.

마헨드라 왕은 그의 아버지와 달리, 그처럼 약한 정치체제가 계속되는 걸 원하지 않았기에 여러 가지 실험을 시도한다. 그의 첫 시도는(1956년) 네팔의 첫 5개년 경제계획과 같은 정책이 보다 효율적으로 이루어지게 하기 위해 관료제를 폐지했다. 1959년까지 그는 자신의 주도하에 새로운 의회형 헌법을 도입하는데, 이것은 민주 헌법에 기반을 두고 있지만 일부는 군주제 제도를 보호하는 측면도 있는 헌법이다.

1959년 봄, 보통선거를 기반으로 하는 네팔 최초의 자유 선거가 개최되고 새로운 정부가 형성되었다. 마헨드라 왕은 1959년 헌법에 따라 군주국의 명목상인 최고 직위를 가졌지만 실질적인 국가 통치에는 개입하지 않았으며 대부분의 시간을 네팔과 해외를 여행하는 데 보냈다.

그러나 마헨드라 왕은 정부가 정치 권력을 독점하고, 그로 인한 군주제의 미래에 대한 두려움 때문에 걱정을 하게 된다. 결국 1959년 헌법에서 통치자에게 부여된 비상 권한을 사용하여 헌법을 유보하고, 대부분의 정부 지도자를 체포하고, 관료주의를 제거함으로써 자신의 손에 모든 정치 권력을 집중한다.

또한 그는 1962년에 이론적으로 전통적인 힌두교 사회정치제도에 기초한 새로운 헌법 시스템을 도입했다. 이른바 판차야트(Panchayat, 5인의 회의)라고 불리우는 시스템이다. 새로운 판차야트의 기본 목표는 정치 권력의 지방분권화였다. 그러나 실제로 현실에 적용해 보니, 아무리 사소한 결정조차도 국왕의 조력자로 일했던 궁궐과 높은 관료들에 의존하게 되는 권력의 집중화는 계속되었다.

11 June 1960 41st Birthday of King Mahendra
Nepal stamp catalogue number: 153 Scott catalogue number: 124

▶ Technical Detail ·····························

Description : 41st Birthday of King Mahendra Bir Bikram Shah Dev in
             Royal Dress
Date of Issue : June 11, 1960
Value : 1 Rupee
Color : Red Lilac
Overall Size : 25x30mm
Perforation : 14x14
Sheet : 42 Stamps
Designer : Pashupati Lai
Printed by India Securiry Printing Press, Nasik

마헨드라(Mahendra) 왕 41세 생일 기념

1960년 네팔의 말라리아가 박멸되었다. 테라이(Terai) 평원의 문맹부족들은 언덕에서 내려온 상류 계급의 무리에 자리를 내어주고 원래 자신의 땅에서 농노가 되었다.

1960년 4월, 마헨드라 왕과 왕비는 히로히또 일본 왕의 초청으로 1주일 동안 일본을 방문했으며, 1960년 12월, 일본 아키히토 왕세자와 공주는 마헨드라 왕과 왕비의 초청으로 네팔을 방문했다.

정부는 원활하게 운영되고 있었는데, 갑자기 마헨드라 왕이 정부를 해산하고 모든 지도자들은 구속 또는 인도로 추방당했다. 또한 모든 정당 활동이 금지되고 판차야트(Panchayat) 시스템이 도입되었다. 1960년 12월 14일, 코이리라(B. P. Koirala) 수상은 카트만두의 타파타리(Thapathali)에서 타룬 달(Tarun Dal, 네팔 의회의 청년직업체험) 총회 첫 번째 회의 도중 체포되었다. 다른 의회의 당 지도자들과 다른 정당 지도자들도 함께 체포되었다.

1960년 12월 15일, 마헨드라 왕은 국회의사당을 해산시켰고 B. P. 코이리라 수상은 감옥에 수감되었다. 1960년 12월 16일, 마헨드라 왕은 의회 내각을 해산시켰다. 1960년 12월 28일, 마헨드라 왕은 본인의 지도하에 정부를 구성했다. 1956년 11월 11일, 네팔이 국제우편연합(UPU) 회원이 된 후, 마헨드라 왕은 1959년 4월 14일에 국제우편제도를 시작했다. 1959년 2월 12일, 새로운 헌법이 공표되었고 네팔 정부 대신에 폐하의 정부라는 용어가 도입되었다.

네팔이 1956년에 첫 5개년 계획을 도입함에 따라, 1958년 계획위원회가 5개년 계획을 실행하기 시작했고 국가계획위원회가 새로 설립되었다. 한편 다른 여러 국가와 다양한 프로젝트가 체결되었다. 마헨드라 왕은 코시(Koshi) 댐의 초석을 1959년 4월에 놓았다. 마헨드라 왕은 네팔 최초 대학의 설립을 시작했다. 최초 대학을 설립하려는 그의 비전에 따라, 1959년 아버지 트리부반(Tribhuvan) 국왕의 이름을 딴 트리부반대학교(Tribhuvan University)가 설립되었다.

30 June 1960 King Mahendra and Mount Everest
Nepal stamp catalogue number: 155 Scott catalogue number: 127

▶ Technical Detail ···

Description : King Mahendra Bir Bikram Shah Dev and Mount Everest
Date of Issue : June 30, 1960
Value : 10 piasa
Color : Ultramarine & Rose Lilac
Overall Size : 29x33.5mm
Perforation : 14x14
Sheet : 42 Stamps
Designer : Bai Krishna Sama
Printed by India Securiry Printing Press, Nasik

마헨드라(Mahendra) 왕과 에베레스트산

1959년 5월 첫 번째 총선으로, 코이리라(B. P. Koirala)가 네팔 최초의 민주적인 수상으로 선출되었다. 1960년 5월 네팔 우정국이 설립된 때도 바로 마헨드라 국왕 통치 시기였다.

새로 선출된 정부는 아쉽게도 압도적인 기대만큼 국가를 번영으로 쉽게 이끌지 못해서 국민들에게 실망을 안겨 주었다. 그때 마헨드라 왕이 국가와 국민의 이익을 위해할 수 있는 일은 정부를 해체하는 것뿐이었다. 네팔의 정당 내 문제가 커짐에 따라, 코이리라 정부는 더 이상 원활하게 일할 수 없었다. 이러한 정치적 경쟁과 혼란의 두려움 속에서, 마헨드라 왕은 최대한의 인내와 자제력으로 당시 상황을 다루었다.

1960년 12월 14일, 코이리라 수상은 타룬 달(Tarun Dal, 네팔의회의 청년직업체험) 총회 첫 번째 회의 도중 체포되었다. 또한 다른 정당 지도자들도 함께 체포되었다.

1960년 12월 15일, 마헨드라 왕은 국회를 해산하고 헌법을 중단하고 직접 통치를 감행했다. 그리고 1960년 12월 28일 마헨드라 왕은 자신의 지도하에 새로운 정부를 구성했다.

11 June 1961 42nd Birthday of King Mahendra
Nepal stamp catalogue number: 159-162 Scott catalogue number: 130-133

▶ Technical Detail ···

Description : 42nd Birthday of King Mahendra Bir Bikram Shah Dev in
            National Dress
Date of Issue : June 11, 1961
Value : 6 Paisa / 12 Paisa / 50 Paisa / 1 Rupee
Color : Green / Ultramarine / Carmine Rose / Brown
Overall Size : 24x41mm
Perforation : 14x14.5
Sheet : 45 Stamps
Designer : Lain Singh Wangdil
Printed by : India Securiry Printing Press, Nasik

마헨드라(Mahendra) 왕 42세 생일 기념

1961년 2월 12일, 마헨드라 왕은 국가계획위원회를 열었다.

1961년 2월 26일, 엘리자베스 2세(Elizabeth II) 영국 여왕과 에딘버러(Edinburgh) 왕자가 마헨드라 왕과 왕비의 초청으로 네팔을 방문했다.

1961년 3월, 마헨드라 왕과 왕비는 파키스탄을 방문했다.

1961년 4월 13일, 마헨드라 왕은 샤히드 문(Shahid Gate)으로 알려진 네팔 스마락(Nepal Smarak)에 취임했다.

1961년 4월, 중국 총리 주은래(周恩來)가 마헨드라 왕의 초청으로 네팔을 방문했다. 1961년 6월, 마헨드라 왕은 중국의 사천 지방과 티베트 자치구를 방문했다. 방문 중에 중국 공산당 위원장 모택동(毛澤東)은 마헨드라 왕에게 경의를 표했다.

1961년, 마헨드라 왕은 유고슬라비아의 수도인 베오그라드에서 열린, 비동맹 국가들의 첫 번째 정상회의에서 연설했다.

1961년, 네팔은 국제통화기금(IMF) 회원국이 되었다.

1960년, 12월부터 1961년 11월까지, 마헨드라 왕에게 민주 정부 회복을 촉구하는 폭력을 동반한 시위가 전국에서 발생했다. 이러한 시위로 인해 국왕에 대한 부정적인 비판 여론이 형성되었다. 마헨드라 왕은 곧 다른 효과적인 대안을 소개함으로써 그 비판을 잠재울 수 있었다. 그것은 바로 정당 없는 판차야트(Panchayat, 지방자치조직) 시스템이었다. 1960년 협동(Sajha) 프로그램이 판차야트 시스템의 경제를 뒷받침하는 기둥으로 시작되었다.

1961년 11월, 마헨드라 왕에게 민주 정부 회복을 촉구하는 시위가 전국에서 발생했다. 그러나 이러한 불안정한 정국에도 불구하고, 마헨드라 왕은 의회 형태의 정부를 대체하는 정당 없는 판차야트 시스템을 도입하고 새로운 헌법을 공표했다. 그때가 바로 1962년 12월 16일이다.

**26 February 1961 Himalayan Peak & King Mahendra
(Mt. Machapuchare. Mt Everest. Mt Manaslu)
Nepal stamp catalogue number: 154-156 Scott catalogue number: 126-128**

▶ Technical Detail ···

Description : Himalayan Peak & King Mahendra(Mt. Machapuchare. Mt
             Manaslu)
Date of Issue : February 26, 1961
Value : 5 Paisa / 40 Paisa
Color : Claret & Brown / Violet & Red Brown
Overall Size : 29x33.5mm
Perforation : 14x14
Sheet : 42 Stamps
Designer : Bal Krishna Sama
Printed by India Securiry Printing Press, Nasik

마헨드라(Mahendra) 왕과 히말라야 산봉우리

마헨드라 왕의 문학에 대한 사랑은 그의 어린 시절로 거슬러 올라간다. 그는 시를 향한 특별한 열정을 가졌고, 종교적, 인간과 자연에 대한 사랑에 관한, 서정적, 낭만적 시에 많은 국가적 노력을 기울였다.

주로 현실을 반영하는 예술, 문화 및 문학 개발에 치중했던 그의 미적 성향 때문에, 그는 명예가 그 자격이 있는 사람에게 가야 한다고 생각했다. 따라서 그는 네팔의 작가들을 격려하기 위해, 치트완(Chitwan)에서 열린 문학학회에 참여했다. 또한, 마헨드라 왕은 1957년에 3명의 문인에게 다양한 문학작위를 수여했다.

1960년대에 많은 네팔인들이 경제적인 이유로 부탄으로 이주했다. 마헨드라 왕은 또한 마비비샤(MaBiBiShah)라는 필명으로 많은 애국적인 시를 썼다. 문학에 대한 그의 사랑은 언어, 문학, 문화, 음악, 예술 등을 위한 왕립 네팔 아카데미를 설립하도록 이끌었기 때문에, 그는 많은 역사가들에 의해 진정한 애국자로 평가받는다. 그는 늘 "내가 죽더라도 내 조국은 늘 영원하길 바랍니다.(Ma mare pani mero desh bachi rahos)" 라고 말하곤 했다. 또한 그는 많은 기념물과 건물을 지었기 때문에 '네팔의 건축가'로도 존경받는다.

June 1962 43rd Birthday of King Mahendra
Nepal stamp catalogue number: 165-168 Scott catalogue number: 137-140

▶ Technical Detail ··

Description : 43rd Birthday of King Mahendra
Date of Issue : June 11, 1962
Value : 10 Paisa / 15 Paisa / 45 Paisa / 1 Rupee
Color : State Blue
Overall Size : 29x29mm
Perforation : 13x13
Sheet : 112 Stamps
Designer : Uttam Nepali
Printed by : India Securiry Printing Press, Nasik

마헨드라(Mahendra) 왕 43세 생일 기념

1961년 말경, 망명해 있던 네팔 국회에 의해 조직된 폭력적인 시위들이 인도 국경을 따라 시작되어 1962년 초에는 그 규모와 수효가 증가했다.

1962년 4월 13일, 마헨드라 왕은 나라를 14개 구역과 75개 지구로 나누었다. 이전에는 단지 35개의 지구만 있었다. 같은 날 마헨드라 왕은 이미 존재하고 있던 네팔 아카데미를 네팔 왕립아카데미로 지정했다.

1962년에 마헨드라 왕은 카트만두에서 전국 네팔의료학회를 개최했다.

1962년 5월 27일, 마헨드라 왕은 네팔·미국 문화센터를 개설했다.

1962년 6월 6일, 마헨드라 왕은 포카라(Pokhara)에서 열린 지성회의를 개최했다.

1962년 12월 16일, 마헨드라 왕은 기존의 의회 형태의 정부를 대체하는 정당 없는 판차야트 제도를 도입하고 새로운 헌법을 공포했다.

1 December 1962/67 Regular Series(King Mahendra)
Nepal stamp catalogue number: 172-174 Scott catalogue number: 144-146

▶ Technical Detail ···

Description : Regular Series(Portrait of King Mahendra)
Date of Issue : December 1, 1962
Value : 1 Paisa / 2 Paisa / 5 Paisa
Color : Carmine Rose / Bright Blue / Red Orange
Overall Size : 20x24mm
Perforation : 14.5x14
Printed by : India Security Press, Nasik

마헨드라(Mahendra) 왕 레귤러(Regular) 시리즈

마헨드라 왕은 1768년 Narayan Shah 대왕에 의해 통일된 네팔의 주권을 지키기 위해서 외국의 개입을 거부하고 1960년 12월 15일 현대 네팔에 기여하기 위해 왕권을 확립했다.

1960년 12월 15일, 마헨드라 왕이 자신이 관심있던 정치 정당을 앞지르면서까지 주도하고 싶었던건 바로 네팔의 번영을 위한 민족주의 역사의 영원성 때문이었다.

1960년 이전에 외국인들은 네팔에서 땅을 자유롭게 구입할 수 있었다. 마헨드라 왕은 1961년 이후 외국인들의 네팔 땅 구매를 금지했다. 네팔어는 국가의 공식 언어로 계속 사용되었다.

1960년 이전까지 90%까지 사용되었던 인도 통화가 폐지되고 네팔 통화 사용이 의무화되었다. 이런 일련의 조치를 통해 네팔의 자존심이 회복되었다.

마헨드라 왕은 네팔의 안전을 위해 배치 된 인도 군대에게 무조건적인 철수를 요청했다.

1961년, 마헨드라 왕은 네팔의 한 지역에서 다른 지역으로 이동할 때 인도 국경을 이용하는 불편함을 없애기 위해 Gaindakot에 동서고속도르의 기초를 마련하고, 최종 건설을 위해 전념했다. 고속도로의 영향은 전반적인 사회경제적 개발에 크게 기여했다.

1 December 1962 Regular Series(Portrait of King Mahendra)
Nepal stamp catalogue number: 177-179 Scott catalogue number: 147-149

▶ Technical Detail ···

Description : Regular Series(Portrait of King Mahendra)
Date of Issue : December 1, 1962
Value : 10 Paisa / 40 Paisa / 75 Paisa
Color : Rose Claret / Brown / Blue Green
Overall Size : 21.5x38mm
Perforation : 14x14.5
Printed by : India Security Press, Nasik, India

마헨드라(Mahendra) 왕 레귤러(Regular) 시리즈

    도로는 마헨드라 고속도로로 이름지어졌다. 1961년, 마헨드라 왕은 200 여 년 전 Narayan Shah 왕에 의해 통일된 이후 네팔 경제개발의 출발점이 되는 Gaindakot의 동서고속도로라고도 불리는 마헨드라 고속도로의 기초를 마련했다. 진정한 통합은 1982년에 이루어졌다.

    마헨드라 왕은 인도와 힌두교의 위상을 높이기 위해 헌법에 '힌두 왕국'이 라는 용어를 삽입했다. 이 변화로 인해 네팔의 명성을 높일 수 있었다. 마헨드라 왕은 외교정책의 이데올로기를 채택하면서 유엔에 네팔을 소개했다. 왕은 또한 중국 지도자 마오쩌둥과 인도의 강력한 네루 수상 사이에서 균형 잡힌 정책을 유지했다.

    마헨드라 왕은 국민들에게 직접 이익이 되는 50개 이상의 산업과 조직을 소개하고 교육, 보건, 교통, 도로건설, 관개, 전기 등의 필수 산업을 육성했다.

    1963년 8월 17일에 왕은 Muluki Ain(민중 법전)을 소개하고 손댈 수 없던 계급 차별 및 성차별 정책을 타파하기 위한 시도를 했다.

1 December 1962 Regular Series(Portrait of King Mahendra)
Nepal stamp catalogue number: 180-182 Scott catalogue number: 150-152

▶ Technical Detail ··

Description : Regular Series(Portrait of King Mahendra)
Date of Issue : December 1, 1962
Value : 2 Rupee / 5 Rupee / 10 Rupee
Color : Red Orange / Gray Green / Violet
Overall Size : 25x30mm
Perforation : 14x14
Printed by : India Security Press, Nasik, India

마헨드라(Mahendra) 왕 레귤러(Regular) 시리즈

1965년 마헨드라 왕은 토지개혁법안을 선언하고 지주제를 폐지하고 Birta 제도를 종식함으로써 농민의 권리를 확보했다. 마헨드라 왕은 네팔을 14개의 행정구역과 75개 지구로 나누어 기초 단계서부터 개발 부문에 국민들의 적극적인 참여를 유도했다. 그러나 마헨드라 왕은 인종 또는 각각의 출신 지역에 따라 국가를 나누지 않았다. 9개의 구에 4,000개 이상의 마을이 있고, 35개의 시는 도시의 크기에 따라 9~35개의 구로 이루어져 있다.

마헨드라 왕은 국제 무대에서 네팔에게 독립된 정체성을 부여하기 위해 많은 일을 했다. 네팔 국민들이 여전히 취하고 있는 14개 구역과 75개 지역의 관리체계는 매우 과학적이고 중요한 제도이다. 구역 임원을 임명하여 각 구역으로의 권력의 분산, 혁명적인 토지개혁정책 도입, 예산없이 동서고속도로 건설 착수, 네팔 통화를 공급함으로써 은행지점을 개설과 인도 통화의 제한, 국가 전국에 학교와 단과대학의 개설, 트리부반대학의 설립 등이 마헨드라 왕이 이룩한 기념비적인 공헌이다.

또한 그는 네팔의 예술가, 가수 및 문인들을 격려했다. Ratna Recording Sansthan은 네팔의 예술가들을 돕기 위해 설립되었다. 그렇지 않았으면 네팔 예술가들은 노래를 녹음하기 위해 인도의 캘커타로 갔어야 했다.

11 June 1963 44th Birthday of King Mahendra
Nepal stamp catalogue number: 198-200 Scott catalogue number: 167-169

▶ Technical Detail ···

Description : 44th Birthday of King Mahendra
Date of Issue : June 11, 1963
Value : 5 Paisa / 10 Paisa / 15 Paisa
Color : Violet / Brown Orange / Dull Green
Overall Size : 29x39.1mm
Perforation : 13x13
Sheet : 35 Stamps
Designer: Uttam Nepali
Printed by: India Security Press, Nasik, India

마헨드라(Mahendra) 왕 44세 생일 기념

1963년 1월, 극단주의자들에 의해 자나크푸르(Janakpu)에서 마헨드라 왕의 자동차에 폭탄이 투척되었다.

1963년 4월 2일, 마헨드라 왕은 라즈 사바(Raj Sabha) 상임위원회 설립을 선포했다.

1963년 4월 28일, 마헨드라 국왕 기념박물관이 설립되었다.

1963년 5월, 마헨드라 왕은 행정권력분권위원회를 구성했다.

1963년, 마헨드라 왕은 나왈파라시(Nawalparasi) 지역의 간다코트(Gaindakot)에서 동서고속도로 건설의 초석을 세웠다.

19 February 1963 Panchayat System and National Day
Nepal stamp catalogue number: 186-189 Scott catalogue number: 155-158

▶ Technical Detail ·······································

Description : Panchayat System and National Day(Five-pointed Star with
    Lamps on Hands)
Date of Issue : February 19, 1963
Value : 5 Paisa / 10 Paisa / 50 Paisa / 1 Rupee
Color : Sp Blue / Redish Brown / Rose Lilac / Blue Green
Overall Size : 29x39.1mm
Perforation : 13x13
Sheet : 35 Stamps
Designer : Jivan Lal Satyal
Printed by : India Security Press, Nasik

판차야트 시스템(Panchayat, 지방자치조직) 기념

1963년 5월 19일, 마헨드라 왕은 처음으로 카트만두에서 지역 판차야트 (district panchayat) 개발회의를 선언했다.

1963년 9월, 마헨드라 왕은 이스라엘을 방문했다.

네팔 샤 왕조의 9번째 왕, 마헨드라 국왕. 그의 재위 기간 동안 네팔은 다양한 정치적, 경제적 접근 방식을 구현했다. 라나 가문은 그의 재위 기간 중 첫 30년 동안 왕국의 모든 일에 대한 통제권을 가졌다. 나중에 그의 왕권하에서, 그는 헌법을 중단하고 선출된 의회를 해산시키고 판차야트 시스템이라고 불리는 계층적 체계를 수립했다.

그는 자신의 독재적인 방식에 대해 비판을 받긴 했지만, 자신의 통치 기간 동안 매우 중요한 경제개발의 기반이 시작되었다. 그는 역사가들에 의해 "진정한 애국적인 왕"으로 불린다. 그는 문학에 관심을 갖고, "내가 죽어도 내 조국이 번영하기를 바랍니다."라는 애국적이고 고무적인 시를 만들었다.

11 June 1964 45th Birthday of King Mahendra
Nepal stamp catalogue number: 204-206 Scott catalogue number: 173-175

▶ Technical Detail ···

Description : 45th Birthday of King Mahendra
Date of Issue : June 11, 1964
Value : 1 Paisa / 2 Paisa / 2 Rupee
Color : Brown Olive / Gray / Golden Brown
Overall Size : 29x33.5mm
Perforation : 14x14
Sheet : 42 Stamps
Quantity : 1.5 million
Designer : Shyam Das "Ashanta"
Printed by : India Security Press, Nasik, India

마헨드라(Mahendra) 왕 45세 생일 기념

1964년 4월, 마헨드라 왕은 새로운 민법을 발표했다. 같은 달에 마헨드라 왕 기념비가 룸비니(Lumbini)에 세워졌다.

1964년, 네팔은 국제박물관협의회의 회원이 되었다.

1964년 5월 4일, 마헨드라 왕은 인도 네루 수상의 참석하에 바이샤로탄(Bhaisyalotan)에서 간다크(Gandak) 댐의 초석을 세웠다.

1964년 8월 17일, 마헨드라 왕은 새로운 민법을 공표했다.

1964년 9월 30일, 마헨드라 왕은 이집트 카이로에서 개최된 두 번째 비동맹 국가 정상회의에 참석했다.

1964년, 마헨드라 왕의 후원하에 네팔예술위원회가 조직되었다.

19 February 1964 East-West Highway on Map of Nepal and King Mahendra
Nepal stamp catalogue number: 201-203 Scott catalogue number: 170-172

▶ Technical Detail ······························

Description : East-West Highway on Map of Nepal and King Mahendra
Date of Issue : February 19, 1964
Value : 10 Paisa / 15 Paisa / 50 Paisa
Color : Blue & Deep Orange / Dark Blue & Deep Orange /
　　　　Dark Green & Redish Brown
Overall Size : 39.1x29mm
Perforation : 13x13.5
Sheet : 35 Stamps
Quantity : 1 Million
Designer : Uttam Nepali
Printed by : India Security Press, Nasik, India

지도에 나타난 동서고속도로

마헨드라 왕의 역할은 국가를 개혁과 발전으로 이끌어 가는 데 있었다. 왕은 수백만의 가난한 농민들에게 토지 소유권을 부여하는 혁신적인 토지개혁을 도입했다.

마헨드라 왕은 신분차별을 폐지하는 급진적인 법 시스템을 도입했다. 국왕은 여러 산업을 설립했지만, 그중 대부분은 오늘날의 민주주의 지도자들이 사유화하거나 폐쇄했다.

마헨드라 왕은 교육개발을 위한 토대를 만들기 위해 전국에 걸쳐 대학 및 학교를 설립하는 것을 도왔다.

마헨드라 왕은 네팔 영화계 역사상 최초의 네팔영화사 Maitighar를 만들기 위한 기금을 마련하고 영화사를 설립했다.

마헨드라 왕은 모든 분야에서 네팔의 발전에 많은 기여를 한 용기 있고 비전 있는 지도자였다. 그는 관광분야를 발전시키기 위해 해외의 관광·무역 기업가들을 초청했다. 또한 왕립 네팔항공을 설립하여 관광산업을 활성화시켰다.

그는 네팔에서 봉사할 수 있도록 인도와 다른 국가들에 정착한 많은 네팔인들을 초청했다. 그는 국내에 여러 산업을 육성하기 위해 네팔에 우호적인 국가들에 요청하여 네팔의 산업화를 시작했다. 인도의 압력에도 불구하고 그는 인도와 다른 우호국들과 균형적인 관계를 유지할 수 있었다. 그리고 마헨드라 왕은 1972년에 세상을 떠났다.

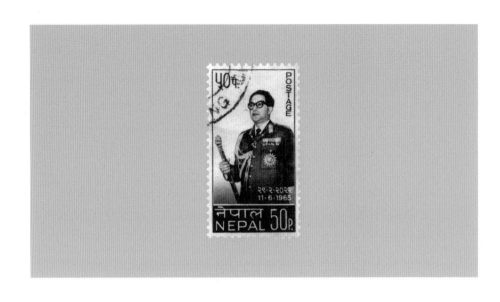

11 June 1965 46th Birthday of King Mahendra
Nepal stamp catalogue number: 215 Scott catalogue number: 184

▶ Technical Detail ···

Description : 46th Birthday of King Mahendra
Date of Issue : June 11, 1965
Value : 50 Paisa
Color : Rose Violet
Overall Size : 22.8x40.6mm
Perforation : 14x14.5
Sheet : 50 Stamps
Quantity : 500 Thousand
Designer : Shyam Das "Ashanta"
Printed by : India Security Press, Nasik, India

마헨드라(Mahendra) 왕 46세 생일 기념

1965년 인디라 간디(Indra Gandhi) 인도 수상이 마헨드라 왕의 초청으로 네팔을 처음 방문했다.

1965년에 네팔은 유엔 총회 부의장으로 선출되었다.

1965년 1월 22일, 마헨드라 왕은 제1회 힌두교 회의에 메시지를 전했다.

1965년 4월 24일, 마헨드라 왕은 랄 바하드르 샤스트리(Lal Bahadur Shastri) 인도 수상의 참석하에 3,770피트 길이의 코시(Koshi) 댐 건설을 시작했다.

1965년 8월 10일, 마헨드라 왕은 네팔과 파키스탄 간의 직통 전화라인을 개설했다.

1965년 9월, 마헨드라 왕은 네팔 왕립골프클럽을 설립했다.

18 February 1966 Democracy Day with Flag of Nepal and King Mahendra
Nepal stamp catalogue number: 221 Scott catalogue number: 189

▶ Technical Detail ···

Description : Democracy Day with Flag of Nepal and King Mahendra
Date of Issue : February 18, 1966
Value : 15 Paisa
Color : Deep Blue & Red
Overall Size : 40.6x22.8mm
Perforation : 14.5x14
Sheet : 50 Stamps
Quantity : 500 Thousand
Designer : Shyam Das "Ashanta"
Printed by : India Security Press, Nasik, India

마헨드라(Mahendra) 왕 네팔의 민주주의 날 기념

1966년 3월 14일, 마헨드라 왕은 네팔 서부 랍티(Rapt) 지역의 다(Dang) 구역에서 영성회의를 시작했다.

1966년 10월 7일, 마헨드라 왕은 새롭게 개조된 사원 카스타만다프(Kasthamandap)를 공개했다.

1966년 11월 16일, 마헨드라 왕은 솔티(Soaltee)호텔을 설립했다.

1966년 5월 29일, 마헨그라 왕은 카트만두-코다리(Kathmandu-Kodari)를 연결하는 고속도로를 개설했다.

First Day Of Issue

11 June 1966 47th Birthday of King Mahendra
Nepal stamp catalogue number: 223 Scott catalogue number: 192

▶ Technical Detail ···

Description : 47th Birthday of King Mahendra
Date of Issue : June 11, 1966
Value : 15 Paisa
Color: Yellow & Violet Brown
Overall Size : 29x39.1mm
Perforation : 13x13.25
Sheet : 35 Stamps
Quantity : 500 Thousand
Designer : Uttam Nepali
Printed by : India Security Press, Nasik, India

마헨드라(Mahendra) 왕 47세 생일 기념

마헨드라 왕은 민족주의자였다. 그의 시의 한 구절인 "Ma marepani mero desh bachirahosh(내가 죽어도 내 조국은 살아야 한다)" 만으로도 그를 이해하기에 충분하다. 진리는 지적, 경험적, 실존적 차원에서 인식될 수 있다. 의식, 사상, 인식 및 감정은 국가적 존재의 창작품이다. 국적의 정의는 정체성의 삶의 방식이다.

1956년부터 1972년까지 네팔을 통치한 마헨드라 왕은 네팔이라는 지리적 정치적 특수성을 이해하는 데 통찰력이 있었다. 1958년 강대국들이 네팔 국정에 간섭하는 것을 허용하지 않으면 네팔에게 위험하다는 것을 알고 있었지만, 마헨드라 왕은 외국 비정부기구들을 네팔에서 축출했다. 이때 당시 유엔 사무총장은 네팔 정부에 "모든 국제 원조가 철회될 것"이라고 개인적으로 위협하기도 했다. 하지만 이러한 위협에도 불구하고 마헨드라 왕은 중립성을 유지했다. 하지만 인도 정부 입장에서, 왕의 친중적인 성향은 명백하게 보였다.

1 October 1966 Nepal Red Cross(King Mahendra and Red Cross Emblem)
Nepal stamp catalogue number: 227 Scott catalogue number: 196

▶ Technical Detail ·····································

Description : Nepal Red Cross(King Mahendra and Red Cross Emblem)
Date of Issue : October 1, 1966
Value : 50 Paisa
Color : Slate Green & Dark Carmine
Overall Size : 40.6x22.8mm
Perforation : 14x14.5
Sheet : 50 Stamps
Quantity : 500 Thousand
Designer : Shyam Das "Ashanta"
Printed by : India Security Press, Nasik, India

마헨드라(Mahendra) 왕 네팔적십자 엠블럼

1955~1972년간의 마헨드라 왕의 통치는 서양의 민주적 의회제도에서부터 전통적인 힌두교 개념과 제도에 기반한 권위주의적 정치 구조에 이르기까지 정치적 시스템에서 다양한 실험으로 주목할 만하다. 온건하지만 실용적인 토지개혁 및 법률 코드 자유화 프로그램과 같은 경제·사회 개발에 대한 다양한 접근 방식에 융통성이 있었다. 그러나 마헨드라 왕은 군주제 제도의 존속 가능성에 대한 특별한 관심을 갖고 있었다.

네팔 최초로 선거로 뽑힌 총리이자 네팔 의회당 당수인 B. P. Koirala는 언론과의 인터뷰에서 마헨드라 왕이 훌륭한 민족주의 왕이라고 말했었다. 그는 1976년 12월 자신의 신념을 표명하기를, 1950년 혁명에서 트리부반 왕이 공헌한 것처럼, 네팔의 왕이 현대화에 기여할 수 있다라는 믿음으로 민주주의로의 길은 군주제와 조화를 이루어야 한다고 말했다. 1976년 그는 이 믿음을 가졌으며 왕이 민주주의의 길을 걷게 하는 데 많은 노력을 기울였다. 이것이 국가 화합과 화해의 본질이었다.

마헨드라 왕의 민족주의와 B. P. 민주주의적 사회주의 사이에서 조화를 이루어 나아갈 다른 대안은 없다. 네팔은 지난 10년 동안 해체 직전에 서 있었다. 왕과 국민의 관계가 끊어지고 군주제가 사실상 폐지되면 네팔은 안전하고 통일된 상태를 유지할 수 없다라는 건 쉽게 상상할 수 있다. 그러한 지리적, 민족적 다양성을 가진 나라이기에, 네팔은 권력과 돈을 위한 전쟁의 줄다리기로 인해 심하게 위험한 상황에 처하게 될 것이다. 군주제가 정치적으로 항상 공평하기 때문에 군주제를 통해 이러한 위험한 상황을 피할 수 있다. 왕실에 이상이 있다면 우리 모두는 군주제에 반대할 것이다. 그러나 군주와의 협상을 통해 그러한 이상한 것들은 정리될 수 있을 것이다.

5 July 1966 60th Birthday of Queen Mother Kanti Rajya Laxmi Devi Shah
Nepal stamp catalogue number: 224 Scott catalogue number: 193

▶ Technical Detail ···

Description : 60th Birthday of Queen Mother Kanti Rajya Laxmi Devi Shah
Date of Issue : July 5, 1966
Value : 15 Paisa
Color : Golden Brown
Overall Size : 22.8x40.6mm
Perforation : 14x14.75
Sheet : 50 Stamps
Quantity : 500 Thousand
Designer : Uttam Nepali
Printed by : India Security Press, Nasik, India

칸티(Kanti) 왕비 60세 생일 기념

칸티 왕비(마헨드라 국왕의 어머니)는 마헨드라 국왕의 어머니이다. 트리부반 왕의 첫 번째 왕비인 그녀는, 1901년 7월 5일 태어나서 1973년 4월 12일에 사망했다. 그녀의 60번째 생일을 기념하기 위해 우표가 발행되기도 했다.

그녀는 라르준 싱 사힙(Arjun Singh Sahib)과 그의 아내인 크리슈나바키 데비 사히바(Krishnavati Devi Sahiba)의 딸이었다. 그녀는 1919년 3월 카트만두의 나라얀히티(Narayanhity) 왕실 궁전에서 트리부반 왕의 첫 번째 왕비로서 결혼식을 올렸고 (매우 어린 나이에 중매로), 그녀의 여동생 이스와리 라즈야 락스미 데비 샤(Ishwari Rajya Laxmi Devi Shah)는 둘째 왕비가 되었다.

1901년에서 1919년까지 그녀는 칸티 라즈야 락스미 데비(Kanti Rajya Laxmi Devi) 여사로 불리었고, 1919년에서 1955년까지는 네팔의 왕비 폐하로 불리었다. 또한 1955년에서 1972년까지는 네팔의 국모 폐하였고, 1972년부터 1973년까지는 네팔 할머니 왕비 폐하로 불리었다.

칸티 왕비는 1956년에 오자스위 라쟈냐(Order of Ojaswi Rajanya) 훈장을 받았고, 1956년 5월 2일에는 마헨드라 국왕 대관식 메달을 받았다. 칸티 왕비는 1958년 6월 25일 트리부반대학교의 초석을 놓았으며 나중에 1959년에 대학 설립 때 첫 번째 명예총장이 되었다.

네팔에 기여한 공로를 기리기 위해, 그녀의 이름을 딴 칸티 어린이 병원이 1963년에 설립되었다. 수도 카트만두의 마하라주간지(Maharajgunj)에 위치한 이 소아과 병원은 소련 정부의 지원을 받아 설립되었다. 1968년 칸티 병원은 소련 정부로부터 네팔 보건부로 넘겨졌다. 1970년부터 이 병원은 14세 이하 어린이 치료를 위한 서비스를 제공하기 시작했다.

19 August 1966 Third National Chidren's Day with Queen Ratna Rajya Laxmi
Nepal stamp catalogue number: 225 Scott catalogue number: 194

▶ Technical Detail ···

Description : Third National Chidren's Day with Queen Ratna Rajya Laxmi
            Devi Shah
Date of Issue : August 19, 1966
Value : 15 Paisa
Color : Yellow & Brown
Overall Size : 29x29mm
Perforation : 13x13.5
Sheet : 112 Stamps
Quantity : 500 Thousand
Designer : Uttam Nepali
Printed by : India Security Press, Nasik, India

라트나(Ratna) 왕비와 함께하는 제3회 어린이날 기념

라트나 왕비는 1928년 8월 19일 그녀의 부모인 육군 원수 하리 섬셔르 정 바하두르 라나(Hari Shumsher Jung Bahaduir Rana)와 메그라즈 꾸마리 라즈야 락스미 라나(Meghraj Kumari Rajya Laxmi Rana) 사이에서 카트만두에서 태어났다.

1950년에 갑작스럽게 인드라(Indra) 왕비가 죽고, 마헨드라 왕세자는 1952년 12월 10일에 인드라 왕비의 여동생인 라트나와 결혼했다. 그러나 그들은 자녀를 낳지는 않았다.

인드라의 여동생 라트나는 1952년에 마헨드라 왕세자와 결혼했지만 자녀는 없었다. 마헨드라는 이미 인드라 왕비 사이에 세 아들과 세 딸을 가졌다. 마헨드라의 아버지 트리부반 국왕이 1955년에 사망한 후 그녀는 공식적인 왕비가 되었다.

마헨드라 왕이 네팔의 왕좌에 올랐을 때, 라트나는 네팔의 왕비로 선포되었다. 그들의 대관식은 1956년 5월 2일에 엄숙하게 이루어졌다.

11 June 1967 48th Birthday of King Mahendra
Nepal stamp catalogue number: 232 Scott catalogue number: 202

▶ Technical Detail ···

Description : 48th Birthday of King Mahendra
Date of Issue : June 11, 1967
Value : 15 Paisa
Color : Dark Brown & Light Blue
Overall Size : 48x30mm
Perforation : 13.2 5x13.25
Sheet : 50 Stamps
Quantity : 500 Thousand
Designer : Uttam Nepali
Printed by : Pakistan Security Printing Corporation, Karachi, Pakistan

마헨드라(Mahendra) 왕 48세 생일 기념

1967년 9월, 마헨드라 왕은 라스트리야 판차야트(Rastriya Panchayat)의회 의원들에게 현재의 정당 없는 판차야트(지방자치조직) 제도의 공정한 평가를 요청했다. 그러나 라스트리야 판차야트 외의 다른 대안은 없다고 보고했다.

1967년 1월 29일, 마헨드라 왕은 새로운 중앙우체국 건물을 건설하기 시작했다.

1967년 2월 24일, 마헨드라 왕은 트리수리(Trishuli) 강 수력발전사업(Trishuli Hydro Project)의 첫 단계를 시작했다.

1967년, 마헨드라 왕은 7명의 행정개혁위원회를 조직했다.

1967년, 네팔은 인터폴 멤버가 되었다.

1967년, 마헨드라 왕은 카트만두에서 네팔 전통의학회의(All Nepal Ayurveda)를 개최했다.

**16 December 1967 King Mahendra and portrait of Back to the Village
National Campaign
Nepal stamp catalogue number: 237 Scott catalogue number: 206**

▶ Technical Detail ·······························

Description : King Mahendra and portrait of Back to the Village National
              Campaign
Date of Issue : December 16, 1967
Value : 15 Paisa
Color : Multicolor
Overall Size : 40x30mm
Perforation : 13x13
Sheet : 50 Stamps
Quantity : 500 Thousand
Designer : Thomas artist
Printed by : Thomas De La Rue and Co. Ltd. England

판차야트(Panchayat), 농촌으로 돌아가자 캠페인

1967년부터 1975년까지 '농촌으로 돌아가자(Back to the Village National Campaign)' 라는 네팔의 판차야트(Panchayat, 지방자치조직) 캠페인이 시작되었다. 이 캠페인은 대부분의 네팔 사람들이 살고 있는 농촌 지역으로 개발 노력을 기울일 것을 목표로 하고 있다.

'농촌으로 돌아가자' 캠페인의 일환으로, 도시의 공무원과 대학생들이 농촌 지역 사회에서 생활하고 개발 작업에 참여하며 마을학교의 교사와 교육자로 봉사했다. '농촌으로 돌아가자' 캠페인은 1955년부터 1972년까지 네팔을 통치한 마헨드라 왕의 주요 업적 중 하나였다.

1975년에 헌법 수정안을 통해 '농촌으로 돌아가자' 캠페인을 간접선거를 유지하기 위한 제도로 만들었다. 그 목적은 정치 후보자를 선발하고 지지하는 것이었다. 이 제도는 후에 폐지되었고 1980년 또 다른 개정안에 의해 직접 선거가 도입되었다.

이 우표는 국가 캠페인을 강조하기 위한 목적으로 발행되었다.

20 August 1967 Fourth National Children's Day(Queen Ratna with Children)
Nepal stamp catalogue number: 233 Scott catalogue number: 203

▶ Technical Detail ···

Description : Fourth National Children's Day(Queen Ratna with Children)
Date of Issue : August 20, 1967
Value : 15 Paisa
Color : Pale Yellow & Deep Brown
Overall Size : 34x29mm
Perforation : 13x13.25
Sheet : 25 Stamps
Quantity : 500 Thousand
Designer : Pakistan Printing Press
Printed by : Pakistan Security Printing Corporation, Karachi, Pakistan

제4회 어린이날 기념, 라트나(Ratna) 왕비

네팔 걸스카웃은 1960년에 라트나 왕비의 후원하에 설립되었다. 같은 해에 라트나바이디야 상(Ratna Vidya Medal)이 설립되었고, 네팔의 SLC(School Leaving Certificate, 졸업시험) 시험에 합격한 첫 3명의 소녀들에게 수여되었다.

또한 라트나 왕비는 라트나(Ratna Shree) 도서관 학회지, 라트나 훈장(Ratna Shree Gold Medal) 및 네팔음악 홍보를 위해 설립된 Ratna Recording Trust(나중에 법인으로 바뀜)의 후원자였다.

Ratna Shield는 카트만두 계곡의 학교 학생들의 연례 퀴즈대회를 널리 알리기 위해 도입되었다.

16 December 1967 Diamond Jubilee of World Scouting
Nepal stamp catalogue number: 238 Scott catalogue number: 207

▶ Technical Detail ································

Description : Diamond Jubilee of World Scouting(Crown Prince Birendra,
            Boy Scouts and Scout Emblem)
Date of Issue : December 16, 1967
Value : 15 Paisa
Color : Ultramarine
Overall Size : 40.6x22.8mm
Perforation : 14.75x14
Sheet : 50 Stamps
Quantity : 250 Thousand
Designer : K. K. Karmacharya
Printed by : India Security Press, Nasik, India

세계스카우팅 60주년 기념

네팔 스카우트는 1953년 네팔에서 설립된 네팔의 국가 스카우트 및 가이드 조직이다. 네팔 스카우트는 1969년에 세계스카우트협회의 회원이 되었고 나중에 1984년 걸가이드와 걸스카우트세계협회 회원국이 되었다.

스카우트는 국제사회 단체로서, 1907년에 단 20명의 회원으로 바덴 포웰(Baden Powell)에 의해 창립되었다. 현재 네팔을 비롯한 전 세계 150개국에 1,600만 명의 회원이 있다. 1907년 바덴 파월은 런던에서 20명의 소년을 위한 캠프를 조직하고 스카우트를 설립했다.

스카우트는 네팔 전역으로 퍼졌고, 1993년(2050년 네팔력) 의회는 네팔에서의 바덴 호웰 활동을 규제하기 위해 스카우트법을 통과시켰다. 이 우표는 세계스카우팅 60주년을 기념하기 위해 발행되었다.

1959년 6월 18일, 왕세자 비렌드라(Birendra)가 마헨드라 국왕에 의해 총재로 임명되었다. 이 우표는 스카우트 복을 입은 비렌드라 왕세자 사진을 도안으로 세계스카우팅 60주년을 기념하기 위해 발행되었다.

First day of issue

Diamond
Jubilee of
World Scouting.

28 December 1968 National Youth Festival(23rd Birthday of Crown Prince Birendra)
Nepal stamp catalogue number: 249 Scott catalogue number: 215

▶ Technical Detail ···

Description : National Youth Festival(23rd Birthday of Crown Prince Birendra)
Date of Issue : December 28, 1968
Value : 25 Paisa
Color : Violet Blue
Overall Size : 40.6x22.8mm
Perforation : 14.5x14
Sheet : 50 Stamps
Quantity : 250 Thousand
Designer : K. K. Karmacharya
Printed by : India Security Press, Nasik, India

전국청소년축제 기념, 비렌드라(Birendra) 왕세자

전국청소년축제는 오랫동안 네팔에서 개최되었다. 그리고 최근에는 청년, 고용, 빈곤 퇴치 및 기타 분야를 홍보하는 것을 목표로 하고 있다. 전국청소년축제의 주제는 매년 다양하게 변화하지만, 기본적으로 청소년과 여성, 그리고 네팔과 전 세계의 젊은이들이 더 나은 세상을 만들기 위해 그들의 젊음을 발전해 가는 것을 추구한다.

이 축제는 네팔의 청소년을 위한 기회와 도전을 찾기 위한 것이다. 이 축제는 또한 네팔 국내의 국가 통합이라는 개념과 연대와 형제애의 정신을 홍보하기 위해 노력했다. 이 축제는 전국 각지의 청소년 참가자들 간의 상호 경험을 공유하고, 동시에 청소년 프로그램에 관한 정보를 얻을 수 있는 장소이기도 했다.

축제 기간 동안 청소년 참가자들은 연대, 세미나, 전시회, 문화쇼 및 주제 워크샵을 즐길 수 있었다. 이 우표는 그런 청소년축제를 기념하기 위해 발행되었다.

11 June 1968 49th Birthday of King Mahendra
Nepal stamp catalogue number: 243 Scott catalogue number: 212

▶ Technical Detail ···

Description : 49th Birthday of King Mahendra Bir Bikram Shah Dev
Date of Issue : June 11, 1968
Value : 15 Paisa
Color : Multicolor
Overall Size : 36x25.5mm
Perforation : 13.5x13.5
Sheet : 50 Stamps
Quantity : 800 Thousand
Designer : K. K. Karmacharya
Printed by : National Printing Bureau, Japan

마헨드라(Mahendra) 왕 49세 생일 기념

네팔은 주권국가였지만 국경을 보호 할 기관이 없었기 때문에, 마헨드라 왕은 외국인들이 네팔 땅을 구매하는 것을 금지하고 Gaidakot에 East-West 고속도로(지금의 Mahendra 고속도로)를 건설했다. 네팔어를 전국의 국가 공식언어로 사용하게 했고, 네팔 라스트라 은행(NRB)을 설립하여 기존에 사용되던 인도 화폐의 90%를 없애고 네팔 통화 사용을 의무화하였다.

또 네팔 국가를 14개 존과 75개 지구로 나누었고, 전국의 4,000여 개의 마을은 9개의 구(ward)와 35개의 시(municipality)로 분류했다. 네팔의 안전을 위해 인도군대의 철수를 요청했고, 외교 정책의 이데올로기를 채택함으로써 UN의 회원자격도 얻었다. 또 네팔에 직접적으로 도움이 되는 50개 이상의 산업을 도입했고 교육, 보건, 교통, 도로 건설의 필수 요소를 충족시켰다.

1966년 8월 17일부터 국가법규(Muluki Ain)를 소개하고 또한 카스트제도 차별, 성차별을 없애기 위해 노력했다.

1968년 2월 16일, 마헨드라 왕은 네팔 예술위원회의 미술관을 열었다. 또한 네팔은 국제기록보관소의 회원국이 되었다.

1968년 10월, 최초의 민주 선거로 선출된 B. P. Koirala 수상과 다른 지도자들이 감옥에서 풀려났다.

19 August 1968 5th National Chidren's Day(Flag, Children and Queen Ratna)
Nepal stamp catalogue number: 247 Scott catalogue number: 213

▶ Technical Detail ···

Description : 5th National Chidren's Day(Flag, Children and Queen Ratna)
Date of Issue : August 19, 1968
Value : 5 Paisa
Color : Yellow, Red & Jade Green
Overall Size : 29x39.1mm
Perforation : 14x14.5
Sheet : 50 Stamps
Quantity : 1 Million
Designer : K. K. Karmacharya
Printed by : India Security Press, Nasik, India

제5회 어린이날 기념, 라트나(Ratna) 왕비

라트나 왕비의 후원 아래 네팔아동기구가 1964년 9월에 설립되었고, 발 만디르(Bal Mandir)로 널리 알려져 있다.

네팔아동기구는 1964년(네팔력 2021년.) 국가지침법(National Direction Act-2018)에 따라 설립되었으며, '어린이들의 사원(Children's Temple)'으로 번역된다. 네팔 어린이 권리를 보호, 증진하고 주거보호를 공급하기 위한, 정치적 성격이 없는 자립적 비정부, 비영리 단체이다. 약 4,000명의 자원봉사자와 함께 75개의 지구위원회가 전국적으로 네트워크를 형성하고 있다.

28 December 1964 19th Birthday of Crown Prince Birendra
Nepal stamp catalogue number: 207-208 Scott catalogue number: 176-177

▶ Technical Detail ···

Description: 19th Birthday of Crown Prince Birendra
Date of Issue : December 28, 1964
Value : 10 Paisa / 15 Paisa
Color : Dark Green / Brown
Overall Size : 24x41mm
Perforation : 14x14.5
Sheet : 45 Stamps
Quantity : 300 Thousand
Designer : Pashupati Lal Shrestha
Printed by : India Security Press, Nasik, India

비렌드라(Birendra) 왕 19세 생일 기념

네팔 비렌드라(Birendra) 왕은 카트만두에서 1945년 12월 29일 마헨드라 당시 왕세자와 인드라(Indra) 왕세자비의 장남으로 나라얀히티(Narayanhity) 왕궁에서 태어났다.

그는 가넨드라(Gyanendra) 왕과 디펜드라(Dhirendra) 왕자 등 두 남동생이 있다. 그는 두 명의 누나 샨티(Shanti) 공주와 새라다(Sharada) 공주, 그리고 쇼바(Shova) 공주라는 여동생이 있다.

그는 인도의 다질링(Darjeeling)에 있는 크리스천 학교인 성요셉대학에서 초기 교육을 받았다. 그가 학생일 때, 할아버지 트리부반 왕이 1955년 3월 13일에 세상을 떠나자 네팔의 왕세자가 되었다.

그는 1959년 영국의 이튼 칼리지(Eaton College)에 입학했다. 그리고 학업이 끝난 후, 1964년 네팔로 돌아왔다. 그는 혼자 나라 전국을 여행하면서 마을과 수도원을 방문했다. 여행 중에 그는 사람들에게서 필요한 것을 얻으면서 생활했다.

그 후에 1967년 일본 도쿄대학에서 수학한 후, 1967년부터 1968년까지 미국 하버드대학(Harvard University)에서 정치사를 공부했다.

그는 라틴 아메리카, 아프리카 및 여러 아시아 국가를 방문했다. 또한 네팔 왕이 되기 전 어렸을 때, 헬리콥터 조종법을 배우기도 했다.

'지식은 힘이며 일은 경배이다'가 바로 비렌드라 왕의 모토이다. 국내외에서 얻은 학업, 교육 및 경험이 갖춰진 비렌드라 국왕은, 자신의 나라 발전이라는 고귀한 이상을 위해 전념했다.

1 January 1969 Nepal's Admission to the United Nations Security Council
(King Mahendra, Nepal-UN Flags and UN Building)
Nepal stamp catalogue number: 250 Scott catalogue number: 216

▶ Technical Detail ···

Description : Nepal's Admission to the United Nations Security Council
             (King Mahendra, Nepal-UN Flags and UN Building)
Date of Issue : January 1, 1969
Value : 1 Rupee
Color : Multicolor
Overall Size : 25.5x36mm
Perforation : 13.5x13
Sheet : 50 Stamps
Quantity : 500 Thousand
Designer : K. K. Karmacharya
Printed by : National Printing Bureau, Japan

네팔의 UN 안전보장이사회 승인 기념

1969년 왕실의 거주지, 나라얀히티(Narayanhiti) 왕궁이 카트만두에서 완공되었다. 그러나 네팔이 공화국이 된 후 궁전은 박물관으로 바뀌었고, 2009년 2월 26일부터 일반 대중에게 공개되었다.

1969년 4월, 국가의 대소사에 관해서 국왕에게 조언할 수 있는 특별자문위원회를 구성했다.

1969년, 1962년 이래 첫 헌법 개정안인 국왕선언(Royal Proclamation)이 발표되었다.

1969년, 새로운 네팔 시민권 규정이 시행되었다.

11 June 1969 50th Birthday of King Mahendra
Nepal stamp catalogue number: 255 Scott catalogue number: 221

▶ Technical Detail ···

Description : 50th Birthday of King Mahendra Bir Bikram Shah Dev
Date of Issue : June 11, 1969(Issuance delayed from 11 to 20)
Value : 25 Paisa
Color : Gold & Multicolor
Overall Size : 30x48mm
Perforation : 13.5x13
Sheet : 50 Stamps
Quantity : 500 Thousand
Designer : K. K. Karmacharya
Printed by : Thomas De La Rue and Company, England

마헨드라(Mahendra) 왕 50세 생일 기념

1969년 2월 16일, 아프가니스탄의 자히르 샤(Zahir Shah) 왕이 마헨드라 왕의 초청으로 네팔을 방문했다.

1969년 4월, 마헨드라 왕은 4명의 특별자문위원회를 구성하여 국왕이 필요할 때마다 유용한 조언을 제공하게 했다.

1969년 6월, 마헨드라 왕은 시인 케다르 만 바이야티트(Kedar Man Vyathit)를 네팔 왕립아카데미 총장으로 임명했다. 그 이전에는 국왕이 아카데미 총장이었다.

1969년, 마헨드라 왕은 태국을 방문했다.

20 August 1969 6th National Children's Day(41st Birthday of Queen Ratna)
Nepal stamp catalogue number: 257 Scott catalogue number: 223

▶ Technical Detail ·······························

Description : 6th National Children's Day(41st Birthday of Queen Ratna)
Date of Issue : August 20, 1969
Value : 25 Paisa
Color : Grey & Red Brown
Overall Size : 22.8x40.6mm
Perforation : 14.25x14.75
Sheet : 50 Stamps
Quantity : 250 Thousand
Designer : K. K. Karmacharya
Printed by : India Security Press, Nasik, India

제16회 어린이날 기념, 라트나(Ratna) 왕비

라트나 왕비는 마헨드라 왕의 세계 각국의 공식, 비공식 방문에 동행했다. 첫 번째 방문 국가는 1955년 11월 인도였고, 1971년의 3일간의 비공식 인도 방문은 라트나 왕비의 마지막 해외 방문이었다. 그 후에 그녀는 1981년에 인도에 3개월간의 긴 순례 여행을 떠났다.

라트나 왕비는 네팔, 일본, 독일, 네덜란드, 라오스, 이란, 파키스탄, 필리핀으로부터 다양한 메달과 상을 수상했다.

그녀는 인류 봉사가 종교의 본질이라고 믿었다. 또한 여성의 자유와 발전은 남성과 여성의 공동 노력과 협력을 통해서만 가능할 것이라고 믿었다.

교육 분야에서의 그녀의 공헌을 기억하기 위해 1961년 카트만두에 대학이 설립되었고, 라트나 라즈야(Ratna Rajya) 여자대학이라는 이름으로 불렸다. 그리고 현재는 남녀공학이 되었다.

11 June 1970 51st Birthday of King Mahendra
Nepal stamp catalogue number: 267 Scott catalogue number: 233

▶ Technical Detail ···

Description : 51st Birthday of King Mahendra
Date of Issue : June 11, 1970
Value : 50 Paisa
Color : Gold & Multicolor
Overall Size : 56x34mm
Perforation : 11.25x11.75
Sheet : 50 Stamps
Quantity : 500 Thousand
Designer : Press Artist
Printed by : Bradbury Wilkinson and Company Ltd., London, England

마헨드라(Mahendra) 왕 51세 생일 기념

1970년 12월, 마헨드라 왕은 비렌드라(Birendra) 왕세자의 감독하에 Jaanch Boojh Kendra(연구센터)를 설립했다.

1970년, 마헨드라 왕은 이란을 방문했다.

1970년, 야히야 칸(Yahya Khan) 파키스탄 대통령은 마헨드라 왕의 초청으로 네팔을 방문했다.

**27 February 1970 Wedding Ceremony of Crown Prince Birendra with
Crown Princess Aishwarya Rajya Laxmi Devi
Nepal stamp catalogue number: 264 Scott catalogue number: 230**

▶ Technical Detail ···

Description : Wedding Ceremony of Crown Prince Birendra Bir Bikram
             Shah Dev with Crown Princess Aishwarya Rajya Laxmi Devi
Date of Issue : February 27, 1970
Value : 25 Paisa
Color : Multicolor
Overall Size : 36x25.5mm
Perforation : 13.5x13.5
Sheet : 50 Stamps
Quantity : 1 Million
Designer : K. K. Karmacharya
Printed by : National Printing Bureau, Tokyo, Japan

비렌드라(Birendra) 왕세자와 아이슈와랴(Aishwarya) 세자비의 결혼 기념

마헨드라 국왕 다음의 네팔 왕위 계승자인, 비렌드라(Birendra) 왕세자와 아이슈와랴(Aishwarya) 세자비의 왕실 결혼식은 1970년 2월 27일에 힌두 스타일의 독창성을 요구하는 베다 전통으로 엄숙하게 열렸다. 이 결혼은 세계에서 가장 호화로운 결혼식 중의 하나로 알려져 있다.

아이슈와랴 왕세자비는 켄드라 섬샤르 정 바하두르 라나(Kendra Shamsher Jung Bahadaur Rana)의 장녀이다. 그녀는 카말(Komal)과 프레크샤(Prekshha)라는 두 명의 여동생을 두었는데 각각 비렌드라 왕의 형제인 가넨드라(Gyanendra)와 디렌드라(Dhirendra)와 결혼한다.

비렌드라 왕과 아이슈와랴 왕비는 슬하에 디펜드라(Dipendra) 왕세자, 스류티(Shruti) 공주 및 니라쟌(Nirajan) 왕자 등 3명의 자녀가 있다.

20 August 1970 7th National Chidren's Day(Queen Ratna and Bal Mandir Building)
Nepal stamp catalogue number: 272 Scott catalogue number: 238

▶ Technical Detail ···

Description : 7th National Chidren's Day(Queen Ratna and Bal Mandir Building)
Date of Issue : August 20, 1970
Value : 25 Paisa
Color : Gray & Bister Brown
Overall Size : 40.6x22.8mm
Perforation : 14.75x14.25
Sheet : 50 Stamps
Quantity : 500 Thousand
Designer : K. K. Karmacharya
Printed by : India Security Press, Nasik

제17회 어린이날 기념, 라트나(Ratna) 왕비

음악 듣기에 관심이 있었기 때문에 아이슈와랴(Aishwarya Rajya Laxmi Devi Shah)는 란자나 샤(Ranjana Shah)라는 필명으로 많은 시를 썼다. 특히 가사, 요리, 수예, 정원산책, 연못에서 물고기 먹이 주기에 관심이 많았다.

아이슈와랴 왕비는 네팔 문학에서 필명 Chandani Shah로 알려져 있다. 왕비로서 그녀는 사악하고 부정적으로 여겨졌지만 Chandani Shah로서 그녀는 나중에 네팔 뮤지컬협회 멤버들에 의해 공연되는 서정적 작품으로 부드러운 측면을 보여 주었다. 말할 필요도 없이, 나중에 달콤한 음악으로 완성된 그녀의 언어의 아름다움은 오늘날까지 음악애호가를 사로잡고 있다.

상류사회의 인물과 겸손한 작가라는 두 가지 왕비의 모습은 많은 사람들을 당황하게 하기도 했다. Chandani Shah는 정기적이지는 않지만 총 12작품의 시를 썼다. 그것들은 단순하지만 기쁨을 주는 시이다.

출판된 전집과 비슷한 양의 다른 흩어져 있는 시들은 모두 그녀가 쓴 것이다. 그녀는 바쁜 일정에서도 시간을 쪼개 시를 썼고, 그것은 시를 향한 그녀의 사랑을 보여 주기에 충분하다. 적어도 글쓰기에서는 그녀는 권위적이지도 뽐내지도 않았다. 그대신 시를 위한 부드러운 면모를 가진 겸손한 시인이었다. 그녀는 시를 통해서 인생에서 인간의 사랑이 어떻게 감정과 인간관계에서 미묘한 뉘앙스를 가져올 수 있는지 쉽게 설명할 수 있었다.

그녀의 작품에서 우리는 왕궁의 부와 화려함이 아닌, 눈으로 덮인 산, 아름다운 새, 비, 숲과 같은 일상생활과 자연 환경, 그리고 그런 것들이 어떻게 인간과 섞일 수 있는지를 보여 주었다. 그녀는 낭만과 사랑이 가득한 감미로운 서정적인 언어로 일반 독자들을 묶는 힘을 가지고 있었다.

심지어 왕족에 속해 있었기 때문에, 삶에서 인간의 사랑이 어떻게 감정과 인간 관계에서 미묘한 뉘앙스를 가져올 수 있는지도 쉽게 설명할 수 있었다.

내 사랑의 세계

사랑의 세계는 그렇게 위대하지 않습니다
그 한계는 너의 유리 구슬
내 행복의 원천이 그리 멀지 않은데
그것은 당신의 기쁨과 당신의 미소에 나타납니다

이 사랑을 조롱하지 마세요
인간의 마음은 나약하며 사라질 수 있습니다
충분해! 그것으로 장난치지 마세요!
그것은 단지 사랑의 일이며, 그렇게 강하지도 않습니다
우리의 신뢰 안에서 살아갑니다

무의식 중에도 이 사랑에 대한 대안을 찾지 마세요
인간의 마음은 자존심으로 가득차 있습니다. 돌이 될지도 모릅니다
충분해! 그것으로 장난치지 마세요!
이 삶은 그리 길지 않습니다. 그것은 단지 잠일 뿐입니다
우리의 꿈의 경계를 뛰어넘습니다.

주님! 당신의 성전에 제가 왔습니다

주님! 당신의 성전에 제가 왔습니다
내 마음으로 뛰는 그대에게
희망의 평화로, 주님의 성스러운 운임으로
당신이 계신 곳으로 나는 달려갑니다

나는 거룩한 그릇에 이르지 못했습니다.
내가 일으킨 것처럼 당신의 목욕재계를 위하여
나는 거룩한 강과 같은 마음을 가져왔습니다
흐르는 주님! 내 눈이 번쩍 뜨입니다

나는 꽃을 얻을 수도 없고 우상을 얻을 수도 없습니다
또한 거룩한 봉헌을 위한 빛도 얻을 수 없습니다
빈 손으로, 내 마음의 판에
나는 그들이 헌신이라고 부르는 꽃을 가져옵니다다

내가 얻기 위한 선물을 위해 부자가 될 수는 없습니다
그래서 당신의 부와 내 삶이
아직도 나와 함께 떠났고, 나는 만났을 때 제안했습니다
내 선물과 행복을 위한 그대.

11 June 1971 52nd Birthday of King Mahendra
Nepal stamp catalogue number: 280 Scott catalogue number: 246

▶ Technical Detail ·······································

Description : 51st Birthday of King Mahendra
Date of Issue : June 11, 1971
Value : 25 Paisa
Color : Dull Purple & Blue
Overall Size : 40.6x22.8mm
Perforation : 14.75x14.25
Sheet : 50 Stamps
Quantity : 500 Thousand
Designer : K. K. Karmacharya
Printed by : India Security Press, Nasik, India

마헨드라(Mahendra) 왕 52세 생일 기념

1971년 4월 18일, 마헨드라 왕은 교육부 장관이 이끄는 8명으로 구성된 전국 교육위원회를 구성했다.

1971년 4월, 마헨드라 왕은 관광개발위원회를 재구성했다.

1971년, 마헨드라 왕은 오스트리아를 방문했다.

20 August 1971 8th National Children's Day(Queen Ratna Receiving Garland)
Nepal stamp catalogue number: 284 Scott catalogue number: 250

▶ Technical Detail ································

Description : 8th National Children's Day(Queen Ratna Receiving Garland)
Date of Issue : August 20, 1971
Value : 25 Paisa
Color : Gray & Multicolor
Overall Size : 39.2x28.5mm
Perforation : 11.75x11.50
Sheet : 50 Stamps
Quantity : 1 Million
Designer : K. K. Karmacharya
Printed by : India Security Press, Nasik, India

제18회 어린이날 기념, 라트나(Ratna) 왕비

Ratna Rajya Laxmi Shah, 전 네팔 왕비는 조용한 삶을 살고 있으며, 몸이 좋지 않아 약물치료를 받고 있다.

가넨드라(Gyanendra) 왕의 아버지인 마헨드라 전 국왕의 두 번째 부인인 88세의 라트나 왕비는 2008년 군주제가 끝나고 공화국이 된 후에도 옛왕들의 사무실 겸 거주지였던 Narayanhity 궁에서 머무르는 것이 허락되었다. 마헨드라 Manzil은 거의 50년 전에 마헨드라 왕이 그녀를 위해 세웠다. 여기에서 그녀는 왕가의 흥망성쇠와 극심한 역경을 목격하고 경험했다. 그녀는 대부분의 시간을 집에서의 명상을 하며 보낸다. 전 가넨드라 왕과 그의 가족은 적어도 일주일에 한 번 그녀를 방문하지만, 라트나는 다른 친척들과 지지자들을 만나는 것을 피한다. 그녀는 평소에 말을 아끼지만 일단 그녀가 말하면 그녀의 말은 칙령의 무게를 지닌다.

라트나는 1953년 마헨드라 왕자와 결혼했고, 2년 후에 그의 첫 번째 왕비였던 Indra 왕비(라트나의 언니)는 여섯 번째 아이를 낳을 때 합병증으로 사망했다. 라트나는 1972년, 43세의 나이로 미망인이 되었다. 2001년 6월, 그녀는 적어도 10명의 가족과 가까운 친척이 총에 맞아 죽게 되는 왕실 대학살을 목격하게 되고, 급기야 7년 후 240년간 내려온 군주제 종말을 보게 된다.

그녀의 조용한 태도와 희생 덕분에 라트나는 국민들 사이에서 많은 존경을 받았다. 이는 군주제의 마지막까지 살아남은 정서였다. 그녀와 가까운 사람들이 그녀의 분노의 흔적을 보았던 유일한 시간은 2001년 6월 2일에 왕실 대학살의 희생자 대부분이 있던 군병원을 방문했을 때였다. 그녀는 가족 모임에서 총격을 가하고 본인도 부상당한채 침대에 누워 있던 디펜드라(Dipendra) 왕세자를 결국 보지 않았다.

실제로, 그녀는 고집스러운 성격의 사람이었다. 그녀는 집밖에서 밤을 보내거나 외식을 하는 것을 거부했다.

15 December 1972 Mahendra Jayanti(Memorial stamp of King Mahendra 1920~1972)
Nepal stamp catalogue number: 296 Scott catalogue number: 262

▶ Technical Detail ···

Description : Mahendra Jayanti(Memorial stamp of King Mahendra 1920~1972)
Date of Issue: December 15, 1972
Value : 25 Paisa
Color : Brown & Black
Overall Size : 39.1x29mm
Perforation : 13.5x13
Sheet : 35 Stamps
Quantity : 1 Million
Designer : K. K. Karmacharya
Printed by : India Security Press, Nasik, India

마헨드라 야얀티라(Mahendra Jayanti)

　1972년 1월 31일 이른 아침 마헨드라 왕은 치트완(Chitwan) 지역의 바라트푸르(Bharatpur)에 있는 디야로 붕가로우(Diyalo Bungalow)에서 심장마비로 사망했다. 마헨드라 왕은 치트완에서 사냥을 하는 동안 심장마비로 고통을 겪었다. 이로써 과학적인 방법으로 국가 발전을 위해 많은 일을 시도한 진정한 민족주의 국왕 마헨드라의 역사적인 시대가 끝나게 된다. 마헨드라 왕은 의심할 여지 없는 용기있는 지도자였다.

　14년 동안의 재위 기간 동안 마헨드라 왕은 네팔의 민주주의를 발전시키는데 자신의 모든 노력을 다했다. 정치가로서의 마헨드라 왕의 진실성은 외교정책의 성공적인 수행과 함께 전 세계의 주목을 이끌었다. 그는 네팔의 비동맹국 외교정책을 유지하고 홍보하기 위해 베오그라드(유고의 수도)에서 유엔에 이르기까지 전 세계 여러 곳을 다녔다.

　마헨드라(1920-1972) 왕은 샤 왕조(Shah Dynasty)의 9번째 통치자였다. 그가 30세 때까지는 샤 왕조는 명목상의 통치였고 실질적인 정치권력은 라나 가족에 의해서 이루어졌다.

श्री ५ महेन्द्र जयन्ती, २०२६

3장 비렌드라 왕

King Birendra Bir Bikram Shah

THE STORIES OF NEPAL KING'S STAMP

NEPAL

28 December 1972 28th Birthday of King Birendra
Nepal stamp catalogue number: #297 Scott catalogue number: 263

▶ Technical Detail ···

Description : 28th Birthday of King Birendra
Date of Issue : December 28, 1972
Value : 50 Paisa
Color : Dark Chestnut & Purple
Overall Size : 29x39.1mm
Perforation : 13x13
Sheet : 35 Stamps
Quantity : 1 Million
Designer : K. K. Karmacharya
Printed by : India Security Press, Nasik, India

비렌드라(Birendra) 왕 28세 생일 기념

마헨드라(Mahendra) 왕의 첫째 아들인 비렌드라 왕은 마헨드라 왕의 서거 후, 1972년 1월 31일에 네팔 왕국의 왕위에 올랐다. 그는 고등교육을 마친 후에 라틴 아메리카, 아프리카 및 여러 아시아 국가를 방문했다. 또한 네팔 왕이 되기 전 어렸을 때, 헬리콥터 운전법을 배우기도 했다.

비렌드라 왕은 1970년 2월 27일 아이슈와랴(Aishwarya) 왕비와 결혼했다. 이 결혼은 세계적으로 가장 호화로운 결혼식으로 알려져 있다.

비렌드라 왕과 아이슈와랴 왕비는 3명의 자녀를 두었다. 첫 번째는 1971년 6월 27일 태어난 디펜드라(Dipendra) 왕세자이고, 다음은 1976년 10월 16일에 태어난 Shruti 공주, 그리고 마지막은 1978년 11월 6일에 태어난 Nirajan 왕자이다.

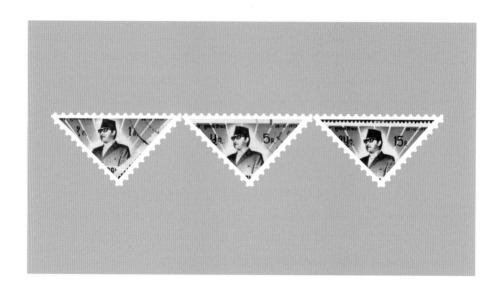

28 December 1973 29th Birthday of King Birendra
Nepal stamp catalogue number: 312-314 Scott catalogue number: 278-280

▶ Technical Detail ···

Description : 29th Birthday of King Birendra
Date of Issue : December 28, 1973
Value : 5 Paisa / 15 Paisa / 1 Rupee
Color : Gray Purple(Dark Brown) / Gray Purple / Gray Purple(Red Brown)
Overall Size : 55x39mm
Perforation : 14.5x14x14.5
Sheet : 50 Stamps
Quantity : 3 Millions
Designer : K. K. Karmacharya
Printed by : India Security Press, Nasik, India

비렌드라(Birendra) 왕 29세 생일 기념

비렌드라 왕이 네팔의 왕위에 올랐을 때, 다른 정부조직이 전혀 없는 절대 권력이 그에게 주어졌다. 모든 정당은 금지되었고, 그는 지역 및 지방의회로 구성된 판차야트(Panchayat) 시스템의 도움을 받아 통치했다.

그는 그에게 주어진 절대 권력을 한탄하며, 자신의 정부는 정치적 정당에 의해 운영되는 대신에 국민 대표에 의해 민주적으로 운영되어야 한다고 주장했다. 이 기간 동안 그는 1973년 10월 인도로, 그리고 2개월 후 중국으로 여행했다. 그는 다른 외세의 영향에도 불구하고 네팔의 주권을 유지했다.

비렌드라 왕은 1972년 4월 13일, 국가개발위원회를 조직했으며, 1973년 비렌드라 왕은 왕국 영토를 4개의 지역으로 구분하여 각각 동부개발지역, 중앙개발지역, 서부개발지역 및 극서부개발지역으로 나누었다. 또한 모든 지역의 균형 있는 발전을 위해 매년 주기적으로 각 개발지역을 방문하는 규칙을 발표했다. 또한 이 개념에 따라 정부는 1974년 4월에 각 지역 사무소와 법원을 설립했다.

1973년 7월 9일, Sing Durar 사무국 빌딩이 화재로 앞부분을 제외하고 전소되었다.

28 December 1974 30th Birthday of King Birendra
Nepal stamp catalogue number: 327 Scott catalogue number: 293

▶ Technical Detail ···

Description : 30th Birthday of King Birendra
Date of Issue : December 28, 1974
Value : 25 Paisa
Color : Gray Green & Black
Overall Size : 25x33mm
Perforation : 13.5x13
Sheet : 50 Stamps
Quantity : 1 Million
Designer : K. K. Karmacharya
Printed by : Pakistan Security Printing Corporation, Karachi, Pakistan

비렌드라(Birendra) 왕 30세 생일 기념

  비렌드라 왕은 1974년 1월 9일, 헌법개혁위원회 구성을 발표하고 1974년 11월 21일, 그 보고서를 제출했다.

  1974년 3월, Birndnagar 지역 방문 중에 비렌드라 왕에게 수류탄이 던져졌다. 그러나 운 좋게도 왕은 큰 상처를 받지 않았다.

  비렌드라 왕은 1974년 12월 12일부터 네팔 헌법 수정안을 반포했다.

(1) 24 February 1975 King Birendra and Queen Aishwarya
   Nepal stamp catalogue number: 334 Scott catalogue number: 301
(2) 24 February 1975 Souvenir Sheet with 3 Imperforation Stamps
   Nepal stamp catalogue number: 331-333 Scott catalogue number: 331
(3) 28 December 1975 31st Birthday
   Nepal stamp catalogue number: 346 Scott catalogue number: 311

▶ Technical Detail ··

Description : King Birendra and Queen Aishwarya
Date of Issue : (1)(2) February 24, 1975 / (3)December 28 1975
Value : 2.75 Rupee / 5 Rupee / 25 Paisa
Color : Gold & Multicolor / Multicolor / Rose Lilac
Overall Size : 48.5x29mm / 14.2x10.4mm / 29x29mm
Perforation : 11.5x12
Sheet : 50 Stamps
Quantity : 500 Thousands
Designer : K. K. Karmacharya
Printed by : Helio Courvoisier S.A. Switzerland

비렌드라(Birendra) 왕 대관식

왕위에 오른 지 3년 후인 1975년 2월 23일, 비렌드라 왕의 대관식이 카트만두에서 열렸다. 영국 황태자, 이튼 칼리지의 선생님 및 학우들을 포함한 전 세계 60개국의 국왕, 정부 수반 그리고 대표들이 참석했다.

비렌드라 왕은 대관식 마지막 만찬의 역사적인 연설에서, 네팔을 전진과 번영을 가져올 비동맹국 정책을 추구할 수 있는 평화적 중립지역으로 선포한다고 제안했다. 이 제안은 전 세계 150개국 이상의 지지를 받았다.

같은 날 그는 네팔의 모든 어린이들이 무상교육을 받을 자격이 있다고 선언했다.

1975년, 공무원의 퇴직 연령이 63세에서 60세로 줄었다.

28 December 1976 32nd Birthday of King Birendra
Nepal stamp catalogue number: 360-361 Scott catalogue number: 325-326

▶ Technical Detail ···

Description : 32nd Birthday of King Birendra
Date of Issue: December 28, 1976
Value : 5 Paisa / 30 Paisa
Color : Green / Yellow & Red
Overall Size : 24.5x33.5mm
Perforation : 14x14
Sheet : 54 Stamps
Quantity : 3 Millions (5p) /1 Million (30p)
Designer : K. K. Karmacharya
Printed by : India Security Press, Nasik, India

비렌드라(Birendra) 왕 32세 생일 기념

 비렌드라 왕은 새로운 행정개혁위원회를 구성하고 1976년 2월 4일에 그 보고서를 발표했다.

 27세의 나이에 네팔의 왕위에 오른 비렌드라 왕은 경제개발과 권력의 분권화를 강조했다.

 애국자 비렌드라 왕은 Poush월 14일(서기 12월 29일)에 태어났다. 헌법에 명시된 힌두왕국을 계속 이어 나가기로 한 마헨드라 왕의 결정과 네팔을 평화 지대로 선언한 비렌드라 왕의 제안이 네팔의 명성과 안보를 결정하는 규범이 되었다.

 비렌드라 왕은 민주주의적 규범 및 규칙을 지원했다. 그는 국가발전에 국민들이 직접적으로 참여하게 했고 여러 산업 분야를 장려하기 위한 전국 투어에 나섰다. 그는 모든 부가비용을 짊어졌고 B. P. Koirala 수상, 마헨드라 왕 및 그의 정적을 위해 미국에서 치료를 준비하기도 했다.

 비렌드라 왕은 네팔의 군주제에 민주적 이미지를 덧붙이는 국가 정치체제를 위한 국민투표를 실시했다. 그는 산, 언덕 및 테라이(평원)의 지형을 기반으로 한 개발에서 큰 역할을 담당했다.

28 December 1977 33rd Birthday of King Birendra
Nepal stamp catalogue number: 374-375 Scott catalogue number: 339-340

▶ Technical Detail ···

Description : 33rd Birthday of King Birendra
Date of Issue : December 28, 1977
Value : 5 Paisa / 1 Rupee
Color : Raw Sienna / Red Brown
Overall Size : 29x39.1mm
Perforation : 13x13.50
Sheet : 35 Stamps
Quantity : 3 Millions / 75 Thousands
Designer : K. K. Karmacharya
Printed by : India Security Press, Nasik, India

비렌드라(Birendra) 왕 33세 생일 기념

    1977년 12월 5일, 비렌드라 왕은 카트만두에서 열리는 제26차 콜롬보 계획 회의의 개최를 선언했다. 이 회의에는 아시아 23개국과 11개의 국제 및 지역기구가 참여했다.

    국왕은 1977년 11월 16일에 권력남용방지위원회를 설립했다. 지금은 권력남용조사위원회(CIAA)라는 이름으로 바뀌었다.

28 December 1978 34th Birthday of King Birendra
Nepal stamp catalogue number: 391-392 Scott catalogue number: 355-356

▶ Technical Detail ··

Description : 34th Birthday of King Birendra
Date of Issue : December 28, 1978
Value : 30 Paisa / 2 Rupee
Color : Blue Grey & Light Brown / Dark Sepia & Violet
Overall Size : 26x36mm
Perforation : 13.5x14
Sheet : 100 Stamps
Quantity : 1.5 millions
Designer : K. K. Karmacharya
Printed by Bruder Rosenbaum Printers Vienna, Austria

비렌드라(Birendra) 왕 34세 생일 기념

1978년 7월, 순교자 Ganga Lal Shrestha의 형제이자 네팔 공산당의 창립 멤버 중 하나인 Pushpa Lal Shrestha가 인도에서 사망했다.

네팔 샤(Shah) 왕조의 10번째 지도자인 비렌드라 왕자는 1972년 네팔의 왕이 되었다. 그는 전임자들보다 통치 과정에 대해 다른 접근방식을 신속하게 보여줬고, 정책의 스타일과 내용에 있어 중요한 변화가 도입되었다.

마헨드라 왕의 여러 정치 발전에 관한 세부사항에 대한 관심은 새로운 전략으로 바뀌었다. 즉 실제로 정치보다는 경제 개발에 주요 초점을 맞추었다. 주요 목적은 경제개발 프로그램을 정치적 주제로부터 보호하는 것이었다.

변화하는 정치 상황에 맞추어, 비렌드라 왕은 국민의 요구를 충족시키기 위해 몇 가지 중요한 조치를 취했다. 1980년에 그는 1962년에 그의 부친이 발표한 헌법에 기초한 국민투표를 실시했다. 이 국민투표는 현 제도에 기초하기는 했지만 좀 더 개혁적인 안이 포함되었다.

비렌드라 왕은 대중적이지만 비정당적인 Rashtriya Panchayat(국회) 선거와 국회에서 총리를 선출하는 조항을 포함하는 헌법에 몇 가지 기본적인 변경을 도입했다. 국회는 1981년에 성립되었다. 1명의 총리가 선출되었지만, 나중에 불신임 투표로 국회에서 쫓겨나고 다른 총리가 선출되었다.

28 December 1979 35th Birthday of King Birendra Bir Bikram Shah Dev
Nepal stamp catalogue number: 410 Scott catalogue number: 374

▶ Technical Detail ···

Description : 35th Birthday of King Birendra Bir Bikram Shah Dev
Date of Issue : December 28, 1979
Value : 25 Paisa
Color : Multicolor
Overall Size : 26x36mm
Perforation : 14x14
Sheet : 100 Stamps
Quantity : 3 miliions
Designer : K. K. Karmacharya
Printed by Bruder Rosenbaum Printers Vienna, Austria

비렌드라(Birendra) 왕 35세 생일 기념

　적극적 군주제, 정당없는 시스템, 개발, 근대화, 지방분권화, 그리고 민족주의가 판차야트(Panchayat) 시스템의 핵심 주제였다. 그러나 이 시스템은 반체제 민주주의 세력과 1979~80년의 대중의 시위를 통해 끊임없이 반대를 받아 왔으며 이러한 반대는 27개 요구사항을 제시하는 학생들에 의해 주도되었다.

　네팔에 판차야트 시스템이 있던 당시, 전 세계적으로 민주 물결이 일어났다. 학생들과 정당들이 적극적으로 참여하고 투쟁을 위해 조직되었다. 당시 파키스탄 정부가 Jhulfikar Ali Bhutto 전 대통령에게 사형을 선고했을 때, 네팔 학생들은 파키스탄 대사관에 항의하고 돌아오는 길에 경찰에 의해 곤봉으로 폭행을 당하기도 했다. 이 운동은 네팔 전역으로 확대되었고, 이 문제를 해결하기 위해서 비렌드라 왕이 1979년 5월 24일 국민투표를 선포했다.

　국민투표의 결과는, 판차야트 시스템을 유지하되 시간과 상황에 맞춰 수정하자는 것이었다. 그러나(일부 죽고 다치기도 했던) 학생들의 시위는 계속되었고, 비렌드라 왕이 새로운 국민투표안을 발표해서야 비로소 끝났다. 그다음 해(1980년)에 개최될 국민투표는 판차야트 시스템의 개혁안과 다당제 시스템 중에서 선택하는 투표였다.

　1979년 5월 2일, 비렌드라 왕은 왕립위원회를 구성하여 학생들의 파업을 조사했다. 1979년 6월 1일, 비렌드라 왕은 정부의 세금제도를 합리적이고 사회적인 근거에 기초하여 더 과학적이고 단순하게 만들기 위한 특별 지시를 내렸다. 1979년 7월, Singh은 다른 지도자들과 함께 다당연합을 결성했다. 나중에 Singh은 왕가에 반대하는 발언으로 투옥되었다.

　1979년 11월, 국민투표 법안이 통과되었다. 1979년 12월 1일에 법률 개혁위원회가 설립되었다. CPAA는 1979년 카펫 스캔들에 연루된 전임총리, 장관, 정치가, 행정직 및 사업가 등 총 91명을 상대로 소송을 제기했다.

28 December 1980 36th Birthday of King Birendra
Nepal stamp catalogue number: 425 Scott catalogue number: 389

▶ Technical Detail ···

Description : 36th Birthday of King Birendra Bir Bikram Shah Dev
Date of Issue : December 28, 1980
Value : 1 Rupee
Color : Multicolor
Overall Size : 26x36mm
Perforation : 14x14
Sheet : 50 Stamps
Quantity : 2 millions
Designer : M. N. Rana
Printed by Bruder Rosenbaum Printers Vienna, Austria

비렌드라(Birendra) 왕 36세 생일 기념

1980년 1월, 전 수상 싱(K. I. Sing) 박사는 Tundikhel 극장에서의 연설에서 대법원장에 반대했다는 이유로 투옥되었다. 그는 한달 후인 2월에 풀려났다.

1980년 5월 2일, 전국 국민투표가 네팔 전역에서 성공적으로 치뤄졌다. 그리고 1980년 5월 14일, 전국선거위원회 위원장은 국민투표 결과, 정당없는 판차야트(Panchayat) 체제가(54.79 %) 다당제 체제(45.21 %)를 누르고 선택되었다고 발표했다.

1980년 5월 21일, 비렌드라 왕은 헌법개혁위원회를 구성했다.

1980년 5월, 비렌드라 왕은 헌법 제57조에 따라 연설 및 출판의 자유에 관한 조례 2037을 반포했다.

1980년 12월 16일, 비렌드라 왕은 3번째의 네팔 수정헌법을 공포했다.

28 December 1981 37th Birthday of King
Nepal stamp catalogue number: 434 Scott catalogue number: 397

▶ Technical Detail ···

Description : 37th Birthday of King Birendra
Date of Issue : December 28, 1981
Value : 1 Rupee
Color : Multicolor
Overall Size : 26x36mm
Perforation : 14x14
Sheet : 50 Stamps
Quantity : 3 millions
Designer : M. N. Rana
Printed by Bruder Rosenbaum Printers Vienna, Austria

비렌드라(Birendra) 왕 37세 생일 기념

1981년 1월, 국왕은 판차야트 정책조사위원회를 구성했다.

1981년 2월, 국왕은 왕립언론위원회를 구성했다.

1981년 5월, 새로운 판차야트 시스템의 헌법하에 첫 번째 선거가 치뤄졌다.

28 December 1982 38th Birthday of King Birendra
Nepal stamp catalogue number: 434 Scott catalogue number: 407

▶ Technical Detail ···

Description : 38th Birthday of King Birendra
Date of Issue : December 28, 1982
Value : 5 Paisa
Color : Multicolor
Overall Size : 25.5x35mm
Perforation : 12.5x12.5
Sheet : 100 Stamps
Quantity : 5 millions
Designer : M. N. Rana
Printed by : Secure Singapore Private Ltd., Singapore

비렌드라(Birendra) 왕 38세 생일 기념

 1982년 비렌드라 왕은 균형발전을 통해 지역간의 격차를 줄이기 위해, 극서부 개발지구라는 이름의 또 하나의 개발지구를 추가하였다. 이 지구는 Seti와 Mahakali라는 두 지역을 포함하게 된다.

 1982년 7월, 전 수상이자 네팔 의회당의 창립자였던 Bishhwor Prasad Koirala가 암으로 사망했다. 그는 1925년에 태어났다. Koirala의 시신을 트럭에 올려놓고 하는 성대한 장례식이 카트만두에서 열렸다.

 1982년 10월, 전 수상인 싱(K. I. Singh) 박사가 태국 방콕에서 사망했다. 그리고 카트만두에서 화장되었다.

28 December 1983 39th Birthday of King Birendra
Nepal stamp catalogue number: 455 Scott catalogue number: 416

▶ Technical Detail ···

Description : 39th Birthday of King Birendra
Date of Issue : December 28, 1983
Value : 5 Rupee
Color : Multicolor
Overall Size : 36x26mm
Perforation : 14x14
Sheet : 50 Stamps
Quantity : 1 million
Designer : K. K. Karmacharya
Printed by Carl Ueberreuter Druk and Verlog Vienna, Austria

비렌드라(Birendra) 왕 39세 생일 기념

1983년 3월, 비렌드라 왕은 세계 통신의 해 명예회원을 수락했다.

네팔에는 민주적인 의회제도가 자리잡고 있지만 몇 가지 필요한 요건이 결여 되어 있다. 그건 바로 합법화된 정당제도이다. 연설, 언론 및 집회의 자유는 1960년대 이후의 어떤 시기보다 1980년대에 더 확실하게 되었지만, 여전히 몇 가지 제한이 있었다. 왕궁은 여전히 모든 주요 이슈에 대해서 권위적이었고, 의회와 내각은 왕권에 대한 실질적인 제한이 없었다. 만약 네팔이 경제적으로 발전하고 있었다면, 이런 상황들이 중요성을 지녔겠지만, 실제로 네팔은 10년 이상 동안 실질적인 경제성장은 거의 없었다.

따라서 비렌드라 왕은 제한된 시간 내에 여러가지 어려운 결정을 내렸다. 네팔의 복지에 대한 그의 헌신은 대부분의 네팔인들에 의해 받아들여졌지만, 그 외의 궁전 안팎의 중요 인물들의 의도에 대해서는 회의적인 시각이 더 많았다.

여러 중요한 정치적 이슈에 대한 의사결정 권한을 카트만두 관료들로부터 지방의 선출직 공무원에게 이전하려는 지방 분권화 계획을 소개하겠다는 비렌드라 왕의 의도는 네팔의 기본적인 정치적, 사회적 및 경제적 문제들을 충족시키는 중요한 단계가 될 잠재력을 가지고 있었다.

비렌드라 왕의 의도는 의문의 여지가 없었지만, 현존하는 정치체제 내에서 그러한 프로그램을 실행하는 능력에 대해서는 의문의 여지가 있었다.

28 December 1984 40th Birthday of King Birendra
Nepal stamp catalogue number: 471 Scott catalogue number: 431

▶ Technical Detail ···

Description : 40th Birthday of King Birendra Bir Bikram Shah Dev
Date of Issue : December 28, 1984
Value : 1 Rupee
Color : Multicolor
Overall Size : 36x26mm
Perforation : 13.75x13.75
Sheet : 50 Stamps
Quantity : 3 million
Designer : K. K. Karmacharya
Printed by : Carl Ueberreuter Druk and Verlog Vienna, Austria

비렌드라(Birendra) 왕 40세 생일 기념

　1984년, 비렌드라 왕은 왕가의 후원하에 자연보호를 위한 마헨드라 트러스트를 설립했다. 그리고 그 의장은 가넨드라(Gyanendra) 왕자(비렌드라 왕의 동생)가 맡았다.

　1984년 7월 21일 비렌드라 왕은 위원회의 후원을 받아 세계아동의 해 네팔 국가위원회를 설립하고 디펜드라 왕자(비렌드라 왕의 또 다른 동생)가 의장을 맡았다.

　1984년 9월 17일, 비렌드라 왕은 많은 축하와 화려함 속에 Dasharath 경기장에서 첫 남아시아 대회를 개최했다. 네팔, 인도, 파키스탄, 방글라데시, 스리랑카, 부탄 및 몰디브가 참가했다.

　1984년 12월 21일, 세계보건기구(WHO)가 발표한 보고서에 따르면, 네팔 국민의 평균 수명은 46세에 이르렀다.

28 December 1985 41st Birthday of King Birendra
Nepal stamp catalogue number: 487 Scott catalogue number: 442

▶ Technical Detail ···

Description : 41st Birthday of King Birendra
Date of Issue : December 28, 1985
Value : 50 Paisa
Color : Multicolor
Overall Size : 26x36mm
Perforation : 14x14
Sheet : 50 Stamps
Quantity : 5 millions
Designer : M. N. Rana
Printed by Carl Ueberreuter Druk and Verlog Vienna, Austria

비렌드라(Birendra) 왕 41세 생일 기념

1985년, 네팔 의회당은 다당제 체제 복원을 위한 시민 불복종 운동을 시작했다.

수년간의 협의 끝에 네팔, 부탄, 방글라데시, 인도, 몰디브, 파키스탄, 스리랑카가 포함된 남아시아 국가 간의 남아시아국가지역협력협회(SAARC)가 구성되었다.

비렌드라 왕은 회원국 간의 외교관계와 경제를 발전시키려는 남아시아 국가들로 구성된 SAARC의 설립을 제안했다. 1985년 12월 7~8일, 제1차 남아시아 국가 정상회담에서 SAARC 포럼이 방글라데시 다카에서 열렸고 네팔은 비렌드라 왕이 대표로 참가했다.

28 December 1986 42nd Birthday of King Birendra
Nepal stamp catalogue number: 497 Scott catalogue number: 451

▶ Technical Detail ···

Description : 42nd Birthday of King Birendra
Date of Issue : December 28, 1986
Value : 1 Rupee
Color : Multicolor
Overall Size : 25x40mm
Perforation : 12.25x13.5
Sheet : 50 Stamps
Quantity : 6 millions
Designer : M. N. Rama
Printed by Austrian State Printing Office Vienna, Austria

비렌드라(Birendra) 왕 42세 생일 기념

    제2차 남아시아국가지역협력협회(SAARC) 정상회담은 1986년 11월 16~17일 인도 Bengaluru에서 열렸다. 각 나라의 국가 원수들은 각료회의의 남아시아국가지역협력협회(SAARC) 사무국 설립에 대한 양해 각서(MOU)와 카트만두에 사무국을 유치하겠다는 결정을 환영했다. 또한 SAARC 첫 번째 사무총장도 지명했다. 이 정상회담에서도 비렌드라 왕이 네팔을 대표했다.

28 December 1987 43rd Birthday of King Birendra
Nepal stamp catalogue number: 507 Scott catalogue number: 461

▶ Technical Detail ···

Description : : 43rd Birthday of King Birendra
Date of Issue : December 28, 1987
Value : 25 Paisa
Color : Multicolor
Overall Size : 29.6x38.5mm
Perforation : 14.25x13.5
Sheet : 50 Stamps
Quantity : 4 millions
Designer : K. K. Karmacharya
Printed by : Austrian State Printing Office Vienna, Austria

비렌드라(Birendra) 왕 43세 생일 기념

    비렌드라 왕은 1987년 11월 2~4일 네팔 카트만두에서 열린 남아시아국가 지역협력협회(SAARC)의 제3차 정상회담을 개최했다. 여기에는 인도와 파키스탄의 총리 및 방글라데시, 몰디브, 스리랑카 대통령, 그리고 부탄과 네팔의 국왕들이 참석했다.

    정상회담에서 회원국 외무장관들은 SAARC 테러방지협약에 서명하고 남아시아 식량준비협약을 체결하기로 합의했다.

28 December 1988 44th Birthday of King Birendra
Nepal stamp catalogue number: 516 Scott catalogue number: 470

▶ Technical Detail ···

Description : 44th Birthday of King Birendra Bir Bikram Shah Dev
Date of Issue : December 28, 1988
Value : 4 Rupee
Color : Multicolor
Overall Size : 30x40mm
Perforation : 14x14
Sheet : 50 Stamps
Quantity : 5 millions
Designer : M.N. Rana
Printed by : Austiran Govt. Printing Office, Vienna, Austria

비렌드라(Birendra) 왕 44세 생일 기념

남아시아국가지역협력협회(SAARC)의 4번째 정상회담은 1988년 12월 29~31일 파키스탄의 이슬라마바드에서 개최되었다. 방글라데시, 몰디브, 스리랑카 대통령, 인도와 파키스탄 총리, 그리고 부탄과 네팔의 왕이 정상회담에 참석했다.

정상회담은 1988년 11월 3일에 있었던 쿠데타 시도를 논의하고, 1989년을 'SAARC가 공인하는 약물 남용에 반대하는 해'로, 1990년을 'SAARC가 공인하는 소녀의 해'로 선언했다.

또한 교육에 관한 기술위원회를 구성하고, 음식, 지역쉼터, 교육 및 환경보호 분야에서 20세기 말까지 구체적인 목표를 달성하기 위한 'SAARC-2000-A 기본 요구 전망'이라는 계획을 세웠다. 또 정기적으로 '남아시아 축제'를 개최하기로 합의하고 그 첫 번째 장소로 인도가 선정되었다.

28 March 1988 18th Birthday of Crown Prince Dipendra
Nepal stamp catalogue number: 509 Scott catalogue number: 463

▶ Technical Detail ·······························

Description : 18th Birthday of Crown Prince Dipendra Bir Bikram Shah
　　　　　　Dev
Date of Issue : March 28, 1988
Value : 1 Rupee
Color : Multicolor
Overall Size : 30x40mm
Perforation : 14x14
Sheet : 50 Stamps
Quantity : 3 millions
Designer K. K. Karmacharya
Printed by Austiran Govt. Printing Office, Vienna, Austria

디펜드라(Dipendra) 왕세자 18세 생일 기념

 1971년 6월 27일에 태어난 디펜드라 왕은 3일 동안 왕위에 있었던 유일한 왕세자였다. 그의 아버지 비렌드라 왕이 사망한 후 본인도 혼수상태에 있던 상태에서 왕위에 올랐다. 그는 카트만두의 Budhanilkantha 학교에서 초등교육을 받았고, 나중에 영국의 이튼(Eton) 칼리지에 다녔다.

 이튼 칼리지 이후에, 그는 네팔의 트리부반대학에 다녔고 나중에 네팔의 Kharipati, Baktapur에 있는 군사학교에서도 수학했다. 트리부반대학교에서는 석사과정으로 지리학을 전공했으며, 같은 대학에서 박사학위를 받았다. 그는 네팔 왕립육군아카데미에서 군사훈련을 받았으며 민간항공국에서 조종훈련도 받았다.

 디펜드라는 사회봉사 분야에 관심이 있었고 스포츠에도 열정적인 관심이 많았다. 그는 네팔 선수가 참가한 다양한 국내외 스포츠 행사에 참가했다.

 디펜드라는 영국에서 공부할 때 열정적인 카라데 선수였고 20세에 검은띠를 받았다. 그는 국가체육위원회와 네팔 스카우트의 후원자였다.

 디펜드라는 또한 네팔 정기간행물에 기사를 쓰기도 했다. 그의 글은 종종 민족성과 국가를 주제로 삼았다.

28 December 1989 45th Birthday of King Birendra
Nepal stamp catalogue number: 520 Scott catalogue number: 474

▶ Technical Detail ··

Description : 45th Birthday of King Birendra
Date of Issue : December 28, 1989
Value : 2 Rupee
Color : Multicolor
Overall Size : 38.5x29.6mm
Perforation : 13.5x14.5
Sheet : 50 Stamps
Quantity : 2 millions
Designer : M. N. Rana
Printed by Austiran Govt. Printing Office, Vienna, Austria

비렌드라(Birendra) 왕 45세 생일 기념

1989년 인도와의 무역 및 교통 분쟁은 뉴델리의 국경 봉쇄로 이어져 경제적 상황이 악화되었다.

아마도 지난 30년 동안의 가장 큰 변화는 1990년의 민주화 이후의 정치 구조의 변화일 것이다. 한때 네팔의 군주제를 위협했던 폭력적이고 카타르시스적인 대변동은 결국 민주주의뿐만 아니라, 입헌군주제로서의 국왕의 명성까지 회복시켜 주었다. 그러나 오늘날 많은 네팔인들은 어렵게 얻은 민주주의를 축복으로 여기기 시작했다.

입헌군주제와 민주주의가 같이 공존할뿐만 아니라 다민족 다언어 국가에 가장 바람직한 정치형태일 거라고 많은 네팔인들이 확신하고 있다.

비렌드라 왕의 초기 프로젝트 중 하나는 국가의 교육 시스템을 개선하는 것이 었다. 낮은 문맹율은 교육 시스템의 개선을 방해했고, 문맹율을 높이는 것이 첫 번째 우선순위였다. 1971년에 시작된 새로운 교육 계획은 교육의 효율성을 높이기 위해 고안되었고 그 결과 교육의 질이 향상될 것이다.

비렌드라 왕은 1975년 대관식에서 무상 초등교육을 선언했으며, 1978년에는 모든 교육 자료가 학교에 무료로 제공될 것이라고 선언했다.

28 December 1990 46th Birthday of King Birendra
Nepal stamp catalogue number: 532 Scott catalogue number: 487

▶ Technical Detail ···

Description : 46th Birthday of King Birendra
Date of Issue : December 28, 1990
Value : 2 Rupee
Color : Multicolor
Overall Size : 32.5x32.5mm
Perforation : 14.25x14.25
Sheet : 50 Stamps
Quantity : 1 million
Designer : : M. N. Rana
Printed by Austiran Govt. Printing Office, Vienna, Austria

비렌드라(Birendra) 왕 46세 생일 기념

판차야트(Panchayat) 시스템은 항상 정당과 학생들의 지도자들을 억압했다. 일부 민주주의 지도자들에게 사형 선고가 내려졌고, 국민투표는 정당을 억압하기 위한 눈가리고 아웅식의 행동이었다. 기본적인 권리는 받아들여지지 않았고, 네팔 의회와 좌익 정권은 2046년까지 개별적으로 활동했다. 네팔과 인도의 관계는 1988년부터 악화되기 시작해서, 모든 일상 용품과 각종 물품은 인도에서 차단되었고, 수송 조약은 1989년 3월 23일 갱신되지 않았다.

결국 네팔의 정치 지도자들이 힘을 모았다. 국왕은 1990년 4월 8일 오후 11시 10분에 정당정치에 대한 금지조치를 해제하는 역사적인 결정을 내렸다. 1990년 4월 16일 임시정부가 구성되었다. 1990년의 '민중운동'은 단순하고 민주주의적인 방법으로 인해 성공을 거두었다. 주요 야당 단체들의 요구를 파악하고 이들의 요구를 새 헌법에 포함하고자 독립헌법 권고위원회를 구성했다.

국왕은 1990년 9월에 위원회로부터 새로운 헌법 초안을 받았다. 그 후 네팔 의회가 주도한 임시연합정부는 1990년 헌법을 승인하고 정부는 1992년 총선을 실시했다. 네팔의 11번째 왕이었던 비렌드라 왕은 네팔을 통치한 모든 군주 중에서 최고의 왕이라고 여겨졌다. 그는 아주 어릴 적부터 친절하고 감정적인 사람이었으며 국민들 사이에서 군주로서 인기가 많았다. 그는 그의 국민들이 실제 민주주의 경험을 갖기를 원했던 네팔의 첫 번째 군주였고, 판차야트 시스템으로 국민들에게 이로운 정치를 펼칠 수 있다고 생각했다. 그는 또한 군주와 함께 부여된 절대 권력이 폐지되고 그 대신에 '입헌군주국'이 되기를 원했다.

절대군주제를 대체하기 위해 205석의 의회 민주주의가 채택되었다. 이렇게 민중의 혁명은 입헌군주국 제도를 이끌었다.

The Coming of Age Ceremony of H.R.H. The Crown Prince Dipendra Bir Bikram Shah Dev
Nepal stamp catalogue number: 524 Scott catalogue number: 478

▶ Technical Detail ···

Description : The Coming of Age Ceremony of H.R.H. The Crown Prince
                Dipendra Bir Bikram Shah Dev
Date of Issue : January 3, 1990
Value : 1 Rupee
Color : Multicolor
Overall Size : 30x40mm
Perforation : 14x14
Sheet : 50 Stamps
Quantity : 2 millions
Designer : K. K. Karmacharya
Printed by Austrian Govt. Printing Office, Vienna, Austria

디펜드라(Dipendra) 왕세자

    공식 보고서에 따르면, 디펜드라는 결혼 반대에 분노하여 2001년 6월 1일에 아버지 비렌드라(Birendra) 왕, 어머니, 형제, 자매 및 여러 친척을 학살했다. 왕가에 의해 정해진 디펜드라의 신부는 라나 가문의 Devyani Rana였다. 공식 문서에 따르면, 디펜드라가 원래 원했던 신부는 그의 어머니 아이슈와랴(Aishwarya) 왕비에 의해 거부되었다. 술과 대마초 폭음 후에, 그는 가족을 학살하고 자신을 향해 총을 쏘았다. 자살 시도 후에 그는 3일간 혼수상태에 빠졌다.

    디펜드라는 병원에서 혼수상태에 빠져 있던, 2001년 6월 1일에 왕으로 선포되었으며 3일간의 재위 후 2001년 6월 4일에 사망했다. 그 후에 삼촌인 가넨드라(Gyanendra) 왕자가 왕위를 이었다.

9 November 1991 Constitution Promulgation Day
Nepal stamp catalogue number: 540 Scott catalogue number: 494
28 December 1991 47th Birthday of King Birendra
Nepal stamp catalogue number: 544 Scott catalogue number: 499

▶ Technical Detail ·······························

Description : Constitution Promulgation Day 47th Birthday of King Birendra
Date of Issue : November 9, 1991 / December 28, 1991
Value : 50 Paisa / 8 Rupee
Color : Multicolor
Overall Size : 40.5x27mm / 29.6x38.5mm
Perforation : 15x14 / 14x13.5
Sheet : 50 Stamps
Quantity : 3 Millions / 2 Millions
Designer : K. K. Karmacharya
Printed by : Harrison and Sons Ltd., England. Austrian State Printing
             Office, Vienna, Austria

비렌드라(Birendra) 왕 새 헌법제정일 기념

1991년 11월에 비렌드라 왕은 네팔의 새로운 헌법을 공포했다. 그는 군주제를 다당제 민주주의하에서 헌법으로 유지하기 위해서 네팔 의회당 지도자인 Krishna Prasad Bhattarai를 수상으로 임명하고 정부를 이끌도록 했다.

네팔에 새로운 헌법이 도입됨에 따라, 모든 분야에서 절대 권력으로 30년간 통치했던 네팔 군주제는 단지 국가의 명목상의 상징이 되었다.

1991년 새 헌법하에 개최된 첫 번째 총선에서 네팔 의회당(NC)이 다수결로 최초의 민주 선거에서 승리했다. 네팔 의회당 정부는 신뢰없는 활동으로 패배했다.(이 부분은 원본이 조금 이상합니다. 뭔가 착오가 있는 것 같아요)

28 December 1992 48th Birthday of King Birendra
Nepal stamp catalogue number: 556 Scott catalogue number: 511

▶ Technical Detail ··

Description : 48th Birthday of King Birendra Bir Bikram Shah Dev (King
　　　　　　　exchanging Khadga with Pachali Bhairav)
Date of Issue : December 28, 1992
Value : 7 Rupee
Color : Multicolor
Overall Size : 38x28mm
Perforation : 12.5x13
Sheet : 50 Stamps
Quantity : 2 Millions
Designer : M. N. Rana
Printed by : Harrison and Sons Ltd., England

비렌드라(Birendra) 왕 48세 생일 기념

Pachali Bhairav 축제는 12년마다 Vijaya Dashami날(9월경)에 카트만두에서
열린다. 네팔어로 'Barha Barse Pachali Bhairav Khadga Siddhi Jatra'라고
도 알려져 있다. 축제 기간 동안, Bhairav(힌두 신 중의 하나)는 의식에서 Khadga

왕조(고대 불교왕국)를 네 번이나 바꾼다. 이 의식은 국가 수반에 의해 행해진다.

기록에 따르면, 이 Khadga 교환식과 Pachali Bhairab 축제는, Ghampo(큰 선박)가 변경되었을 때인 Malla 왕조시대(네팔 고대 왕조) 때 왕이 축제에 참석한 이후로 계속되어지고 있다. 매 12년마다 Ghaympo는 새로운 것으로 대체되고 있다. 우리 모두가 알다시피, 네팔은 사람들의 동의없이 연방 세속 공화국으로 선언되었기에, 인구의 90% 이상이 그것을 받아들이지 않았다. 이제 사람들은 종교, 문화 및 전통을 보존하기 위한 왕의 역할을 찾고 있다. 과거에는 Khadga Siddhi(칼 교환)의식이 신성을 전 국왕에게 전달하기 위해서 카트만두 사원 앞에서 국왕들과 함께 행해졌지만, 네팔이 공화국이 된 이후에는 대통령에 의해 행해졌다.

대부분의 연대기에 따르면, 이 축제는 Gunakamadev왕(서기 924-1008)에 의해 시작되었다고 한다. Gunakamadev 왕이 도시와 Bhairav의 축제를 설립한 것으로 믿어졌기 때문에, 네와르어의 상상력에서 신은 카트만두의 설립과 관련이 있다고 한다. Bagmati 강과 Vishnumati 강이 합류하는 Teku dovan 근처의 현대 도시의 남쪽에는, 카트만두에서 가장 오래된 Bhairava(시 바신) 사원이 있다. 그것은 Bagmati 강가의 화장계단과 매우 가깝다. Pachali Bhairav를 대표하는 돌은 그의 참석자(ganas)를 상징하는 돌로 둘러싼 큰 파이프 모양의 나무그늘 아래 열린 제단 위에 놓여 있다.

전설에 따르면, Pachali Bhairav는 Pharping 지역의 왕이었고, 왕궁의 한 방에서 문을 잠그고 엄청난 양의 쌀과 염소 고기를 먹는 습관을 가지고 있었다. 어느 날 저녁, 그의 부인은 같이 식사를 하자고 부탁했다. 왕은 함께 식사하는 요청을 받아들였지만, 그녀에게 자기가 완전히 다른 모습을 보일 것이라고 경고하고, 그때 인간의 모습으로 돌아가게 하기 위해 쌀알을 던져 달라고 부탁했다. 하지만 그의 아내는 그의 진짜 모습을 보았을 때 너무 두려워서, 쌀알을 던져 달라는 왕의 부탁을 잊어 버렸다. 그의 진짜 모습을 드러내기를 두려워했기에, 왕은 지금의 Pachali Bhairav의 성전이 세워진 곳으로 피난했다. 그의 부인은 Tudhikhel 들판 가장자리의 사원에 서 있는 위험한 여신 Bhadrakali인 Lumarhi가 되었다.

Pachali Bhairav의 주요 신자들은 카트만두 남부에 살고 있는 농민과 석유 판매가들이다.

28 December 1993 49th Birthday of King Birendra
Nepal stamp catalogue number: 577 Scott catalogue number: 531

▶ Technical Detail ·······························

Description : 49th Birthday of King Birendra Bir Bikram Shah Dev
Date of Issue : December 28, 1993
Value : 10 Rupee
Color : Multicolor
Overall Size : 30x40mm
Perforation : 14x14
Sheet : 50 Stamps
Quantity : 1 Million
Designer : K. K. Karmacharya
Printed by : Austrian State Printing Office, Vienna, Austria

비렌드라(Birendra) 왕 49세 생일 기념

베테랑 공산당 지도자인 Madan Bhandari는 미심쩍은 교통사고로 사망했다.

비렌드라 왕의 또 다른 공헌은, 대학원 학생을 농촌으로 1년 동안 파견하는 국가 개발 서비스(National Development Service)를 시작한 것이었다. 하지만 이 서비스는 나중에 대중을 급진적으로 변화시킬 수도 있다는 염려 때문에 중단되었다. 아울러 새로운 교육 계획도 보류되었지만, 1970년대에 새로운 제도를 설립하기 위해 취해진 결정들은 결국 국가의 장기적인 발전과 환경 보전에 궁극적인 영향을 미쳤다.

절대 군주제의 해산과 입헌군주제로의 전환 이후, 민주주의 지도자들은 권력을 장악하고 바로 지배 구조의 문제점을 경험하기 시작했다. 그러나 헌법이 국왕의 집행 권한을 박탈했음에도 불구하고, 네팔인들 사이에서 비렌드라 왕의 권한은 엄청나게 성장했다.

그 이유는 왕이 입헌군주제의 역할을 해 왔고, 자신의 이전 독재자 역할을 다시 시작하라는 강경파의 압력에도 불구하고 결코 경계선을 넘지 않았기 때문이다. 비렌드라 왕은 1994년과 1995년에 Girija Prasad Koirala와 Man Mohan Adhikari 총리의 각각의 권고에 따라 의회 해산으로 야기된 헌법 위기 처리 과정에서 보여 준 것처럼, 헌법 지뢰밭을 능숙하게 통과할 수 있음을 보여 주었다. 국왕은 대법원에게 조언을 구했다. 이로 인해 법정 전문가들 사이에서 논쟁과 분열이 야기되었는가에 대한 논란이 있었지만, 대부분 이러한 상황을 성숙하게 진정시키기 위한 행동이라고 느꼈다.

28 December 1994 50th Birthday of King Birendra
Nepal stamp catalogue number: 606 Scott catalogue number: 561

▶ Technical Detail ···

Description : 50th Birthday of King Birendra
Date of Issue : December 28, 1994
Value : 9 Rupee
Color : Multicolor
Overall Size : 38.75x27mm
Perforation : 14x14
Sheet : 50 Stamps
Quantity : 1 Million
Designer : M. N. Rana
Printed by : Austrian State Printing Office, Vienna, Austria

비렌드라(Birendra) 왕 50세 생일 기념

통치하던 정부는 불신임 운동으로 패배했다. 1994년에 새로운 선거가 실시되었고, 의무 투표를 통해서 네팔 최초의 공산당 정부가 형성되었다. 그러나 1995년에 공산당 정부가 해산되었다.

국왕과 선거로 뽑힌 총리 사이의 관계는 입헌군주와 민주주의 제도하의 국민의 관계를 나타낸다. 국왕과 총리는 국가 문제를 협의하기 위해 궁정에서 매주 만나려고 노력하고 있다.

비렌드라 왕의 개인적인 생각을 정확히 파악하기는 어렵지만, 외교부 인사들과의 저녁 식사 때 나눈 이야기를 통해 그의 생각을 간접적으로 알수 있다. 그는 "책임 있는 직책을 가진 사람들이 주의와 책임감으로 임무를 수행하고 오든 네팔인을 평등하게 대할때에만, 국민들이 민주주의를 온전하게 믿을것이다." 라고 말했다.

비렌드라 왕은 그가 말하는 단어 하나하나에 대중들이 민감하게 반응한다는 사실을 잘 알고 있다. 국왕은 네팔의 정치 분야에서 심판의 역할을 잘 수행해 왔고, 자신이 결코 공을 걷어 차지는 않았지만 동시에 아무도 파울을 범하지 않도록 신경썼다.

27 December 1995 Golden Jubilee Birthday of King Birendra
Nepal stamp catalogue number: 635 Scott catalogue number: 581
28 December 1995 51st Birthday of King Birendra
Nepal stamp catalogue number: 636 Scott catalogue number: 582

▶ Technical Detail ···

Description : Golden Jubilee Birthday of King Birendra, 51st Birthday of
    King Birendra
Date of Issue : December 27, 1995 / December 28, 1995
Value : 1 Rupee/ 12 Rupee
Color : Multicolor / Multicolor & Gold
Overall Size : 28.56x39.23mm / 26x40mm
Perforation : 12x12 / 13x13.5
Sheet : 50 Stamps
Quantity : 1 Million
Designer : K. K. Karmacharya. M. N. Rana
Printed by : Helio Courvoisier S.A., Switzerland. Austrian State Printing
    Office, Vienna, Austria

비렌드라(Birendra) 왕 51세 생일 기념

  정부의 형태에 환상이 깨지면서 내란이 초래되었다. 1996년 2월 13일, 네팔 공산당(마오이스트)이라고 불리던 급진 좌익 그룹은 군주제 폐지와 인민공화국 설립을 주장하며 농촌 지역에서 반란을 일으켰고, 10년에 걸쳐 17,000명이 넘는 사상자를 내며 국가의 갈등을 불러왔다.

  정치적, 사회적 및 경제적 변화에도 불구하고, 비렌드라 왕은 평범한 사람들, 특히 높은 실업률과 문맹률을 가진 세계에서 가장 가난한 계층인 시골 주민들의 문제를 경청하는 것을 좋아했다.

  비렌드라 왕은 1975년에 네팔을 '평화 지대'와 중립 지역으로 선언함으로써 진보와 번영을 가져올 비동맹주의를 추구할 수 있었다. 여기에는 총 116개국이 참여했다.

  비렌드라 왕은 1980년에 다당제 민주주의와 구 판차야트(Panchayat) 제도 중 어떤 것을 사람들이 더 원하는지 알기 위해 국민투표를 실시했다. 불행히도, 무당제도가 55%의 지지율로 다당제 민주주의를 이겼다.

  비렌드라 왕은 대중들의 파업을 통해 1990년에 다당제 민주주의를 회복한 따뜻한 가슴을 가진 국왕이었다. 그는 또한 대담하고 잘 생긴 외모로 유명했다. 그는 한때 세계에서 가장 잘 생긴 지도자 중 하나라고 불리었다.

  국제적으로 말하면, 비렌드라 왕은 Bikram Sambat 달력으로 2058년 Jestha 19일(서기 2001년 6월 1일)에 일어난 불행한 왕실 대학살의 가장 주목할 만한 희생자로 알려져 있다.

  네팔에서는, 비렌드라 왕은 국민들의 말을 경청했던 온화한 군주라고 칭송받는다. 요즘엔 그런 군주가 많지 않다.

28 December 1996 52nd Birthday of King Birendra
Nepal stamp catalogue number: 661 Scott catalogue number: 602

▶ Technical Detail ···

Description : 52nd Birthday of King Birendra
Date of Issue : December 28, 1996
Value : 10 Rupee
Color : Multicolor
Overall Size : 26x37.7mm
Perforation : 11.5x11.5
Sheet : 50 Stamps
Quantity : 1 Million
Designer : M. N. Rana
Printed by : Helio Courvoisier S.A., Switzerland

비렌드라(Birendra) 왕 52세 생일 기념

비렌드라 왕은 가족 저녁 파티에서 아들의 신부 선택에 대한 논쟁 때문에, 왕위 계승자인 친아들에게 충격으로 사망한다. 그는 어려운 시기에 그의 조국을 명확한 비전과 훌륭한 기술로 이끌었기에 사랑스럽고 존경받는 군주로 오랫동안 기억될 것이다.

29년에 걸친 비렌드라 왕의 통치 기간은 2개의 명료한 단계로 나눌 수 있다. 처음 2/3기간 동안, 그는 아버지 마헨드라 왕으로부터 물려받은 시스템 하에서 절대적인 통치자였다. 그러나 1990년 비렌드라 왕은 대중의 의지에 굴복하여 1960년에 아버지가 폐지한 다당제 민주주의 체제를 회복하고 영국식 입헌군주가 되었다.

비렌드라 왕은 자신이 속한 왕조의 창립자처럼, 두 거대한 아시아 국가사이에 끼어 있는 그의 작은 조국은 양쪽 모두와 좋은 관계를 가져야 한다고 믿었다. 그러나 네팔의 지리, 문화, 역사, 종교와(네팔은 세계에서 유일한 힌두 왕국) 경제적 연결 때문에 인도와의 관계가 보다 더 돈독하다.

남쪽의 이웃 나라 인도는 비렌드라 왕을 친구로 기억한다. 다양한 정치 스펙트럼을 갖는 다수의 인도 지도자들은 그의 정책에 찬사를 보냈다. 또한 많은 사람들은 남아시아 협동조합 창설 및 증진에 대한 그의 공헌도 회상했다.

비렌드라 왕은 불과 20대 중반에 왕이 되었음에도, 지구상의 가장 가난한 국가 중 하나였던 네팔의 경제개발을 위해 열심히 노력했다. 동시에, 그는 자신의 아버지의 무당 시스템의 유산을 보존하기 위해 노력했다.

비렌드라 왕은 1990년 민주 정부 이후에 선거로 선출된 정부를 결코 간섭하지 않았다. 그러나 그는 분열적이고 급변하는 정부가 민주주의의 붕괴를 촉진하는 것처럼 보였을 때 그 시스템을 구하기 위해 노력했다.

비렌드라 왕은 국민의 선출된 대표들을 "격려하고, 경고하고 조언하는" 것이 자신의 의무라고 생각했다. 그러나 슬프게도, 비렌드라 왕은 2001년 6월 1일 왕실 대학살로 사망했다.

1 February 1997 Silver Jubilee Year of King Birendra's Accession to the Throne
Nepal stamp catalogue number: 662 Scott catalogue number: 603
29 December 1997 53rd Birthday of King Birendra
Nepal stamp catalogue number: 683 Scott catalogue number: 624

▶ Technical Detail ···

Description : Silver Jubilee Year of King Birendra's Accession to the Throne 53rd
　　　　　　　Birthday of King Birendra
Date of Issue : February 1, 1997 / December 29, 1997
Value : 2 Rupee / 10 Rupee
Color : Multicolor
Overall Size : 40x30mm / 28x33.4mm
Perforation : 14x14 / 11.5x11.5
Sheet : 50 Stamps
Quantity : 1 Million
Designer : M. N. Rana
Printed by : Austrian State Printing Office, Vienna, Austria, Helio Courvoisier
　　　　　　S.A., Switzerland

비렌드라(Birendra) 왕 53세 생일 기념

1997년 4월에서 11월까지, 일본 뇌염의 발병으로 인해 이 기간 동안 최소 100명이 사망했다. 독감과 유사한 이 질병은 뇌의 염증이며 모기에 의해 전염된다.

네팔의 비렌드라 왕이 남긴 가장 중요한 유산은 민주주의와 교육이다. 비렌드라 왕은 네팔에서 의회 민주주의를 도입했을 뿐만 아니라 모든 공립학교에서 무료 초등교육을 실시했다. 그의 다른 유산에는 네팔을 외부인들로부터 구하려고 노력한 것이 포함된다.

비렌드라 왕은 현재의 네팔 지도자들에게 부족한 것처럼 보이는 네팔의 진정한 애국심을 갖고 있던 지도자였다.

비렌드라 왕은 국가를 개발하는데 필요한 모든 자질 및 카리스마가 있는 진정한 지도자로 기억된다. 그러나 슬프게도 그의 모든 유산은 탐욕스럽고 부패한 정치인에 의해 가려지게 된다. 그가 왕위에 있을 때까지, 늘 평화가 있었고 모든 국민들에게 필요한 긍정적인 희망을 제공했다. 그는 네팔의 진정한 희망이었다. 완전한 혼란에 빠지기까지 그의 모든 유산과 선한 일을 부숴 버린 것은 바로 다른 정치가들이었다.

R. 2   नेपाल
NEPAL

29 December 1998 54th Birthday of King Birendra
Nepal stamp catalogue number: 704 Scott catalogue number: 644

▶ Technical Detail ···

Description : 54th Birthday of King Birendra Bir Bikram Shah Dev
Date of Issue : December 29, 1998
Value : 2 Rupee
Color : Multicolor
Overall Size : 28x37.7mm
Perforation : 13x13.5
Printed by : Austrian State Printing Office, Vienna, Austria

비렌드라(Birendra) 왕 54세 생일 기념

마오이스트들은 네팔의 대부분을 장악했다. 관광객이 줄어들고, 호텔이 폐쇄되었으며, 많은 네팔인이 외국으로 떠났다.

오늘날에도 정치인을 비롯한 많은 사람들은 여전히 네팔의 가장 애국적인 왕으로 비렌드라 국왕을 존경한다. 비렌드라 왕은 오늘날 벌어지는 혼돈과는 달리, 모든 네팔인들이 따라갈 수 있는 진짜 지도자의 카리스마를 가지고 있었다.

비렌드라 왕 통치 기간의 마지막 몇 년은 수많은 폭동이 있었다. 그러나 왕은 상황을 해결하기 위해 과감한 조치를 취할 가능성이 컸다. 그로인해 1990년 혁명 이후의 네팔의 안정된 정치 상황을 가져왔다.

네팔은 준민족주의와 연방주의·민족 주체성의 위기에 관한 불필요한 문제를 겪지 않을 것이다. 오늘날 사람들은 돌아가신 비렌드라 왕의 공백을 메울 진정한 지도자가 없다고 느낀다.

한 가지 분명한 것은 그의 사망으로 인해 여러 면에서 네팔의 몰락이 시작되었다는 점이다.

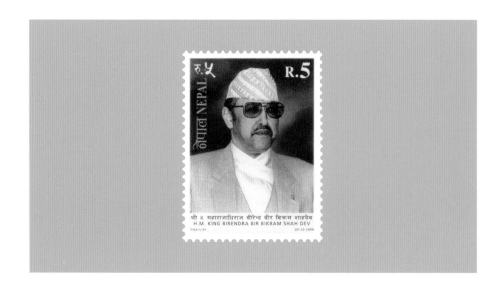

29 December 1999 55th Birthday of King Birendra
Nepal stamp catalogue number: 725 Scott catalogue number: 666

▶ Technical Detail ···

Description : 55th Birthday of King Birendra
Date of Issue : December 29, 1999
Value : 5 Rupee
Color : Multicolor
Overall Size : 29.5x33.5mm
Perforation : 14.5x13.5
Printed by : Austrian State Printing Office, Vienna, Austria

비렌드라(Birendra) 왕 55세 생일 기념

비렌드라 왕의 통치는 2001년에 30주년이 되었다. 그 30년 동안 한때 격리된 왕국이 큰 세계에 익숙해지기 시작했고, 의회민주주의를 향한 현재의 혼란에 이르기까지 네팔의 발전의 시기였다.

네팔 민주주의는 1990년에 비렌드라 국왕의 재임 기간 동안에 회복되었다. 2001년 그가 사망할 때까지, 그는 헌법을 완전히 존중한 입헌군주였다. 심지어 주변 사람들이 더욱 큰 권력을 잡으라고 권고했을 때에도, 그는 아니오라고 말하며 헌법을 존중했다. 그의 형제인 가넨드라 왕은 그렇게 하지 않았고, 그 결과 군주제가 폐지되었다.

비렌드라 왕도 물론 단점을 가지고 있었다. 그는 네팔에 더 빨리 민주주의를 가져오지 못했고, 1972년부터 1990년까지 독재정권 동안 급속한 경제발전 또한 없었으며, 인프라 사업도 거의 이루어지지 않았다. 하지만 그는 네팔의 독립을 지키고 다른 외국의 보호국이 되는 것을 막기 위해 노력했다.

29 December 2000 56th Birthday of King Birendra
Nepal stamp catalogue number: 748 Scott catalogue number: 686

▶ Technical Detail ···

Description : 56th Birthday of King Birendra Bir
Date of Issue : December 29, 2000
Value : 5 Rupee
Color : Multicolor
Overall Size : 39.23x28.56mm
Perforation : 12x11.75
Printed by : Helio Courvoisier S.A., Switzerland

비렌드라(Birendra) 왕 56세 생일 기념

    2000년 7월 17일 비렌드라 왕은 미국인 노예제 폐지 운동가 Kevin Bales의 노력으로 노예제도를 폐지했다. 곧 5개 지구에 있는 약 4만 가족이 노예에서 해방되었고 동시에 주인의 집에서 쫓겨났다. 그들은 난민캠프로 이주했으며, 2007년까지 3분의 1은 여전히 난민캠프에 살았다. 2007년 Kevin Bales는 『노예의 종말: 우리는 노예들을 어떻게 해방시켰는가?』를 저술했다.

10 April 1999 Golden Jubilee Year of Birthday of Queen Aishwarya Rajya Laxmi
Nepal stamp catalogue number: 727 Scott catalogue number: 667

▶ Technical Detail ···

Description : Golden Jubilee Year of Birthday of Queen Aishwarya Rajya
              Laxmi Devi Shah
Date of Issue : April 10, 1999
Value : 15 Rupee
Color : Multicolor
Overall Size : 28.56x39.23mm
Perforation : 12x11.75
Printed by : Helio Courvoisier S.A., Switzerland

아이슈와랴(Aishwarya) 왕비 생일 기념

아이슈와랴 왕비는 1949년 11월 7일 카트만두에서 태어났다. 아이슈와
랴는 Kendra Shamsher Jung Bahadur Rana와 Rani Shree Rajya Laxmi
Rana의 장녀이다. 아이슈와랴에는 2명의 남동생과 Komal과 Prekshha라는
2명의 여동생이 있었다.

귀족 가문에서 태어난 아이슈와랴 왕비는 카트만두에 있는 Kanti Ishwari Rajya 고등학교를 졸업하고, 나중에 인도의 Kurseong에 있는 성헬렌 수녀원에 다녔다. 그리고 Lalitpur의 Jawalakhel에 있는 성메리 학교에서도 수학했다. Tribhuvan대학에서 학부를 마치고 Nepal Kalanidhi Sangeet Mahavidyalaya(네팔 칼라니히 음악대학)에서 음악 수업도 참가했다. 그녀의 학교와 대학 시절에, 아이슈와랴는 여러 스포츠에 참여했고 문학과 정원 가꾸기에 관심이 많았다.

1970년 2월 비렌드라 왕자와 결혼한 후, 아이슈와랴 왕비는 1975년 네팔 스카우트의 수석 후원자가 되었다. 그녀는 또한 '국제 여성의 해' 후원자였다. 그녀는 1977년 비렌드라 왕에 의해 설립된 사회봉사 국가조정위원회의 의장을 역임했다.

1984년 4월, 아이슈와랴 왕비는 Pashupati 지역에 있는 Bankali의 Ved Vidyashram에서 열린 힌두회의를 개최했고, 이 행사에는 다양한 종교적 신앙을 가진 사람들이 참가했다.

Aishwarya Rajya Laxmi Devi Shah는 1972년부터 2001년까지 네팔의 왕비였다. 그녀는 고전적인 아름다움을 지닌 여성으로 유명했다. 그녀의 옷차림과 헤어 스타일은 네팔 여성들에게 여전히 유명하다. 아이슈와랴 왕비는 그녀의 부드러운 남편과 달리 정력적이고 솔직했다. 그녀는 다양한 사회 문화 프로그램을 마련하기도 했고, 또 시간이 가면서 인기가 높아진 남편의 든든한 동반자였다. 그녀는 'Chandani Shah'라는 필명으로 문학 활동에도 열심이었다. 그녀는 Chandani Shah, Aphnai Akash Aphnai Paribesh라는 제목으로 수십 개의 시를 쓰기도 했다. 그녀의 시선집은 네팔 문학의 베테랑 비평가들에 의한 Chandani Shah 문학에 대한 비판으로 시작된다. 그녀는 유명한 노래 작곡가였으며 그녀의 노래는 네팔의 라디오와 텔레비전에서 자주 방송되었다.

아이슈와랴 왕비는 남편 비렌드라 왕, 아들 Nirajan 왕자, 딸 Shruti Précess 공주와 일곱 명의 다른 왕족들과 함께 충격으로 사망했다. 네팔의 다양한 메달로 장식 된 것 외에도, 그녀는 라오스, 일본, 태국, 독일, 핀란드, 덴마크, 프랑스, 파키스탄, 유고슬라비아, 이집트, 스페인, 루마니아로부터 메달을 수상했다.

Aishwarya Rajya Laxmi는 1949년에서 1969년까지는 민간의 여인이었다. 1970년 초부터 1972년까지는 왕세자비였고, 1972년 초부터 2001년 Narayanhity 왕궁에서 살해될 때까지는 네팔의 왕비로 존재했다.

29 December 2001 Birthday Anniversary of Late King Birendra (1945~2001)
Nepal stamp catalogue number: 765 Scott catalogue number: 703

▶ Technical Detail ···

Description : Birthday Anniversary of Late King Birendra (1945~2001)
Date of Issue : December 29, 2001
Value : 15 Rupee
Color : Multicolor
Overall Size : 29.5x38.5mm
Perforation : 14.25x13.5
Printed by : Austrian State Printing Office, Vienna, Austria

비렌드라(Birendra) 왕 57세 생일 기념

2001년 6월 1일, 디펜드라(Dipendra) 왕세자는 자살하기 전에 적어도 왕족 8명을 살해했다. 비렌드라 왕, Aiswarya 왕비, Shruti 공주, Nirajan 왕자, 3명의 국왕의 여동생, 그리고 왕의 매형이 모두 사살되었다. 왕실 대학살은 디펜드라 왕세자가 술에 취해 벌인 총격사건으로 알려져 있다.(그는 가족과 친척들을 죽이고 자살했다) 이 사건으로 그의 두 명의 형제자매를 포함한 모든 가족들이 사망하게 된다.

디펜드라가 병실에서 삶을 연명하는 동안, 비렌드라 왕의 남동생 인 가넨드라(Gyanendra) 왕자가 왕위의 조력자로 임명되었다. 디펜드라 왕자의 결혼이 당시 큰 논쟁거리였다. 왕실 대학살은 가넨드라 왕자를 포함한 몇 명만이 불참한 채 대부분의 왕족이 참석한 왕궁 안에서 열린 저녁파티 도중에 일어났다.

디펜드라 왕세자는 차기 네팔 왕으로 선언되었지만, 2001년 6월 4일, 왕실 가족과 자신에게 총격한 3일 후에 사망했다. 그리고 가넨드라 왕자가 새로운 왕으로 추대되었다

조사위원회는 200쪽에 달하는 보고서에서, 가족을 사살한 왕세자를 비난했다. 조사보고서에 의하면, 디펜드라 왕세자가 결혼하기를 원하는 Devyani Rana를 왕비가 반대했기 때문에 아이슈와랴 왕비와 디펜드라 왕세자간에 뜨거운 논쟁이 있었다고 결론내렸다. 왕세자가 자기는 결국 왕이 될 것이고 따라서 자기가 원하는 건 무엇이든지 할 수 있다고 주장했을 때, 왕비는 많은 손님들 앞에서 그를 때렸다.

왕비의 이 행동은 술(어쩌면 다른 마약)에 취해 있던 왕자를 자극해서 극단적인 행동을 하게 만들었다. 그는 방으로 가서 총으로 무장한 전투 복장으로 갈아입고 돌아와 가족들에게 격렬한 총격을 시작했다.

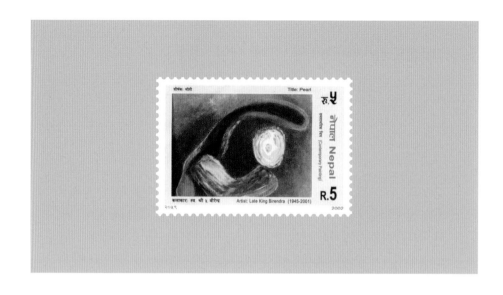

29 July 2002 The Pearl (Moti), one of Painting Series of King Birendra
Nepal stamp catalogue number: 771 Scott catalogue number: 712

▶ Technical Detail ··

Description : The Pearl (Moti), one of Painting Series of King Birendra
Date of Issue : July 29, 2002
Value : 5 Rupee
Color : Multicolor
Overall Size : 35x50mm
Perforation : 13.5x13.75
Printed by : Austrian State Printing Office, Vienna, Austria

비렌드라(Birendra) 왕 그림 〈Moti(진주)〉

비렌드라 왕이 훌륭한 화가였다는 것은 숨겨진 사실이다. 이톤(Eton) 칼리지에 있는 동안, 그는 미술대회에 참가하기도 했다. 그리고 자유 시간이 있을 때마다 그는 깊은 관심을 가지고 예술을 공부했다.

비렌드라 왕의 예술은 전문 예술가의 그것만큼 수준이 높았다. 〈Moti〉와 〈Jharana〉는 비렌드라 왕의 걸작품으로, 모든 예술 평론가, 애호가, 미술판매가들에게 높이 평가받고 있다.

Jharana(폭포)는 예술가 비렌드라 왕의 매력적이고 아름다운 유화이다. 마찬가지로 비렌드라 왕의 두 번째 유화 〈Moti(진주)〉는 귀족의 상징이기도 하다. 진주는 멋지고 조용하다.

of Fine Art in Kathmandu along with various paintings of the world famous artists.

그림 〈Moti〉를 통해 볼 수 있듯이, 비렌드라 왕은 맛과 감각으로 그림을 그리는 화가이다. 그는 〈Moti〉만큼 멋지다. 그의 그림에서, 색상 조합은 완벽하게 조화롭고, 색상은 그림의 독창성을 나타낸다. 〈Moti〉는 태양 광선처럼 순간적이다.

이 두 그림은 카트만두의 네팔 미술 아카데미에 있는 비젠드라 미술관에, 세계적으로 유명한 예술가들의 다양한 그림들과 함께 전시되고 있다.

5 June 5 2002 Late King Birendra and Late Queen Aishwarya
Nepal stamp catalogue number: 769 Scott catalogue number: 711

▶ Technical Detail ···

Description : Late King Birendra Bir Bikram Shah Dev and Late Queen
            Aishwarya Rajya Laxmi Devi Shah
Date of Issue : June 5, 2002
Value : 10 Rupee
Color : Multicolor
Overall Size : 30x40mm
Perforation : 14x14
Printed by : Austrian State Printing Office, Vienna, Austria

고 비렌드라 왕과 고 아이슈와랴(Aishwarya) 왕후

1947년에 태어난 마헨드라(Mahendra) 왕의 두 번째 아들인 가넨드라(Gyanendra) 왕은 2001년 6월 1일 Narayanhity 왕궁에서 일어난 잔인한 왕실 대학살 때 혼수상태에 빠진 조카 디펜드라 왕이 사망한 2002년 6월 4일에 두 번째로 왕위에 올랐다.

1949년, 트리부반 왕이 모든 가족과 함께 인도로 피난했을때, 가넨드라는 다른 가족과 함께 인도로 피난 가지 못했던 유일한 왕실 구성원이었다. 당시 라나 정권의 Rohan Shamsher JB Rana 수상은 Tribhuvan 국왕에게 분개했다. 따라서 1950년 11월 7일 Rana 수상은 Tribhuvan 왕의 3살 손자인 가넨드라를 네팔의 새로운 왕으로 발표했다. 같은 날 오후에, 가넨드라 왕자가 Hanuman Dhoka 왕궁에 도착해서 네팔 왕에 올랐다.

그렇게 2001년 네팔의 왕실 학살사건 이후, 2008년까지 가넨드라는 네팔의 마지막 왕이 되었다.

4장 가렌드라 왕
King Gyanendra

5 June 2002 King Gyanendra
Nepal stamp catalogue number: 770 Scott catalogue number: 710

▶ Technical Detail ···

Description : King Gyanendra Bir Bikram Shah Dev's Accesion to the
              Throne
Date of Issue : June 5, 2002
Value : 5 Rupee
Color : Multicolor
Overall Size : 35x35mm
Perforation : 13.25x13.25
Printed by : Austrian State Printing Office, Vienna, Austria

가넨드라(Gyanendra) 왕

가넨드라는 인도의 Darjeeling에 있는 성조셉대학에서 그의 형인 비렌드라
왕과 함께 공부했다. 그리고 1969년 카트만두에 있는 Tribhuvan 대학을 졸
업했다.

1975년 가넨드라는 그의 형 비렌드라 왕의 대관식 자문위원회 의장을 역임했다. 열렬한 환경보호론자였던 그는, 1982년부터 2001년에 왕위에 오를 때까지 자연보호를 위한 마헨드라 왕 트러스트(후에 자연보호를 위한 국가 트러스트로 알려짐)의 의장을 지냈다. 1970년 5월 1일 가넨드라는 카트만두에서 Komal 왕비와 결혼했다. 그들은 두 명의 자녀를 두었다. Paras 왕자와 Prerana 공주.

가넨드라 왕의 두 번째 재위 기간은 헌법의 혼란으로 특징지어졌다. 그의 전임자인 비렌드라 왕은 입헌군주제를 도입해서 여러 정책을 정부에 위임했다. 하지만 가넨드라 왕의 통치 기간 동안에는 네팔 내전 위험이 커지면서 대표 선출이 방해를 받게 되었다.

2002년 10월 5일 가넨드라 왕은 정부를 주도하고 있던 네팔 의회가 자격이 없다며 해산시켰다. 가넨드라 왕은 판차야트(Panchayat) 시스템의 옛 은퇴자를 새로운 수상으로 임명하고 내각에 새로운 인물들을 지명했다.

2002년 11월 마오이스트들과 정부는 몇 차례의 회담을 가졌다. 그러나 회담이 성공적이지 않았기 때문에, 마오이스트들은 폭력사태를 일으키고 군대와 경찰에 대한 조직적 공격을 시작했다. 정부는 4일 동안의 폭력 기간 중 100명이 넘는 사람들이 사망한 후에 비상사태를 선포했다.

가넨드라 왕은 마오이스트 반란군을 분쇄하기 위해 군대에게 명령했다. 다음 달에 걸쳐서, 반란군과 정부군에서 수백 명이 사망했다.

2002년 5월 의회는 해산되었고, 비상 사태를 연장하는 주제에 관한 정치적 대립 속에서 새로운 선거가 열렸다. 새로운 임시정부는 비상사태를 다시 선언했다. 매일매일 심각한 국가적 문제에 직면함에 따라 가넨드라 왕은 정부를 해산시키고 11월 선거를 무기한 연기했다.

2002년 10월 반란군과 정부는 해결책을 찾기 위해 휴전을 선언했다. 그러나 회담은 결실을 맺지 못했고, 반란군들은 정부와의 평화 회담을 중단하고 7개월간의 휴전을 끝냈다. 다음 달에는 폭력 사태가 재발하고 학생, 사회활동가와 경찰 사이에 잦은 충돌이 일어났다.

7 July 2003 57th Birthday of King Gyanendra
Nepal stamp catalogue number: 790 Scott catalogue number: 730
7 July 2004 58th Birthday of King Gyanendra
Nepal stamp catalogue number: 805 Scott catalogue number: 743
7 July 2005 59th Birthday of King Gyanendra
Nepal stamp catalogue number: 833 Scott catalogue number: 758

▶ Technical Detail ···

Description : 57th 58th 59th Birthday of King Gyanendra.
Date of Issue : July 7, 2003 / 2004 / 2005
Value : 5 Rupee
Color : Multicolor
Overall Size : 38.5x29.6mm / 40x30mm / 30x40mm
Perforation : 13.5x14.25 / 14x14
Printed by : Austrian State Printing Office, Vienna, Austria

가넨드라(Gyanendra) 왕 57세 생일 기념

 불안정한 정치체제로 인한 어려움에 처해 있음에도 불구하고, 네팔은 2003년 4월 세계무역기구(WTO) 회원국이 되었다. 2004년 2월 1일, 가넨드라 왕은 마오이스트 반란군을 물리칠 필요성을 이유로 직접 비상사태를 선언하고 수상을 해임하고 정부를 해산시켰다. 그리고 직접 권력을 장악했다.

 이후 가넨드라 왕은 2005년 2월, 마오이스트 반란 세력을 억압하는 상황은 일시적일 것이라는 확신하에, 헌법을 중지하고 직접 권력을 장악했다.

 2005년 4월 30일, 국왕은 국제사회의 압력으로 비상사태를 해제했다. 2005년 11월, 마오이스트 반란군과 주요 야당 7개당은 민주주의 회복을 위한 프로그램에 동의했다. 이로써 그들은 인도 뉴델리에서 12개항 조약을 맺었다. 12개항 조약의 정신으로, 2006년 4월 6일, 마오이스트 반란군과 7개의 주요 야당 정당은 Jana Aandolan 2(인민운동 2)라는 국왕의 직접 통치를 반대하는 전국적인 파업과 시위를 시작했다.

 네팔의 4월 운동으로 알려진 Jana Aandolan은 2005년 2월 1일의 왕실의 재권력에 반대하는 결정적인 운동을 조직하기 위해 여러 정당과 UCPN(United Communist Party of Nepal, 네팔 공산당) 마오이스트들이 힘을 모았다. 10년 동안의 긴 시민전쟁과 19일간의 긴 평화적인 시위는 전제군주제를 몰아내고 4월 네팔 전역에 포괄적인 민주주의(Loktantra)를 불러일으키는데 성공했다.

 2006년 11월 21일에 네팔 정부와 UCPN-Maoist 간에 체결된 포괄적인 평화협정(CPA)으로 약 13,000명의 사람들이 사망한 10년이 넘는 내전이 종식되었다. 19일의 파업 후에, 가넨드라 왕은 2006년 4월 21일, 왕실 선언을 통해 새 정부를 구성하자고 정치지도자들에게 제안했다. 그러나 그들은 민주주의 회복을 위한 정당들의 요구가 충족되지 않았기 때문에 거부했다.

 2006년 4월 23일, 또 다른 왕실선언을 통해 가넨드라 왕은 의회를 복원하는데 동의했다. 두 번이나 연기된 제헌의회 선거는 민주화의 핵심이었다. 이 민주화는 2005년 11월 22일, 7개의 당 연합과 CPN 마오이스트 간의 12개 항으로 기록되었다. 그리고 2008년 4월 10일, 포괄적인 평화협정이 이루어졌다. 네팔의 1,760만 유권자 중 63퍼센트가 선거에 참여했다. 그 결과 601명의 의원이 네팔을 연방민주공화국으로 규정하는 새로운 헌법을 쓰기 위해 지명되었다. 의회는 만장일치로 새로운 정부의 수상으로 시위 세력과 NC 지도자를 지명했다.

2006년 5월, 의회는 만장일치로 국왕의 정치 권한을 축소하기로 표결했다. 정부와 마오이스트 반란군은 평화회담을 시작했다. 2006년 6월, 마오이스트 반란 지도자들과 수상은 수상의 공식 주거지에서 양측의 첫 회담을 열었고 마오이스트들이 임시 정부에 참여하는데 합의했다.

2006년 11월, 카트만두에서 정부와 마오이스트 반군이 서명한 포괄적인 평화협정(CPA)으로 10년간의 반란 세력의 공식적인 종식이 선언되었다. 반란군은 과도정부에 참여하고 무기는 유엔 감독하에 배치되었다.

2007년 1월, 마오이스트 지도자들은 임시헌법에 따라 의회에 입장할 수 있게 되었다. 남동쪽에서 격렬한 민족시위가 일어났고, 시위대는 이 지역에 대한 자치권을 요구했다. 2007년 1월, 전 마오이스트 반란군이 임시정부에 참여하여 정치 주류로 들어가기 시작했다. 2007년 5월, 제헌 의회 선거가 11월로 연기되었다.

9월에 마오이스트들은 군주제 폐지에 대한 요구를 언론에 발표하면서 임시정부를 탈퇴했다. 이로 인해 11월의 제헌의회 선거가 연기되었다. 2007년 12월, 의회는 정부로의 재참여에 동의한 마오이스트들과의 평화협상의 일환으로 군주제 폐지를 승인했다.

2008년 4월에 전 마오이스트 반군은 제헌의회 선거에서 가장 많은 의석을 차지했지만 절대 다수를 얻지는 못했다. 2008년 5월 28일, 제헌의회의 첫 회의에서 네팔의 군주제를 폐지하라는 조례가 압도적으로 통과되었다. 마침내 네팔은 공식적으로 군주국가에서 연방 민주공화국이 되었다.

2008년 6월 11일 수요일 오후 9시경, 그의 아내와 함께 포위된 가넨드라 왕은 그의 조상이 몇 세대 동안 통치했던 Narayanhity 왕궁을 떠남으로써 239년 왕조의 마지막 왕이 되었다.

국가가 선택한 정치적 과정을 존중하고, 공작깃털의 왕관, 야크 머리카락, 보석, 왕지팡이 같은 역사적인 중요성을 간직한 유물들을 남기고, 가넨드라 전 국왕은 네팔 왕실에서 가장 유명한 Narayanhity 왕궁을 떠났다. 이 왕궁은 카트만두에서 북쪽으로 약 8km 떨어진 여름 별장인Nagarjun 왕궁에서 있었던 라나 수상에 대한 피의 승리를 기념하기 위해 Shah 왕조가 18세기에 지은 건물이다.

왕이 힌두신의 화신으로 존경 받고 전지전능한 군주로 간주되었던 네팔의 히말라야 왕국은, 민주주의 시위로 인해 당시 비렌드라 왕으로 하여금 정당에 대한 금지조치를 해제하게 만들었던 1990년 이후 권력을 잃기 시작했다. 또 선출된 수상이 실세권력을 행사함으로써 형식적인 국가 원수로 남아 있는 입헌제 군주국이 되었다.

2001년 왕궁에서 벌어진 미스터리한 왕실 대학살로 왕과 왕족 모두가 사망하지 않았더라면, 네팔 왕국이 이렇게 오늘날의 역사로 흐르지 않았을 거라고 네팔인들은 생각한다.

2005년, 비렌드라 왕의 남동생이자 후계자인 가넨드라 왕은 입헌군주제에서 벗어나 군대가 후원하는 쿠데타로 권력을 장악하고 왕국을 직접 지배하기 시작했다. 부패와 족벌주의로 점철된 14개월 동안의 독재적인 군주 체제는 전국적인 시위를 불러일으켰고, 결국 2006년 4월에 왕은 권력을 포기할 수밖에 없었다. 네팔인들은 그때 국왕이 쿠데타를 계획하지 않았더라면 그는 현재의 위치에 있지 않았을 것이라고 믿었다.

가넨드라 전 국왕의 시작은 결국 세계에서 마지막 힌두교 군주국의 종말로 끝났다. 그러나 네팔을 통일하고 239년 동안 통치했던 왕조는 오늘날 남아 있는 것은 거의 없다. 분홍색 콘크리트 건물로 되어 있던 궁전은 오늘날 박물관으로 바뀌었다.

이제 가넨드라는 카트만두 외곽의 숲이 우거진 언덕에 한때 여름별장이었던 궁전과 시내에는 개인 주택이 있음에도 불구하고, 평범한 시민처럼 살고 있다.

20 August 1978 Golden Jubilee of Queen Mother Ratna
Nepal stamp catalogue number: 381 Scott catalogue number: 346
20 August 1988 60th Birthday of Queen Mother Ratna
Nepal stamp catalogue number: 513 Scott catalogue number: 467
20 August 2005 National Children's Day, Queen Mother Ratna
Nepal stamp catalogue number: 838 Scott catalogue number: 760

▶ Technical Detail ·······································

Description : Golden Jubilee and 60th Birthday of Queen Mother Ratna, 2005
              National Children's Day, Queen Mother Ratna
Date of Issue : August 20, 1978 / August 20, 1988 / August 20, 2005
Value : 2.3 Rupee / 5 Rupee / 20 Rupee
Color : Olive Gray / Multicolor
Overall Size : 24.5x33.5mm / 27.5x38.5mm / 30x40mm
Perforation : 14X14 / 14x13.25 / 14x13.25
Sheet : 54 Stamps / 50 Stamps
Quantity : 1 Million
Designer : K. K. Karmacharya
Printed by : India Security Press, Nasik, India
Austrian State Printing Office, Vienna, Austria

라트바(Ratna) 왕비의 골든 주빌리

　돌아가신 마헨드라 왕의 2번째 왕비이자, 가넨드라 전왕의 어머니인 90살의 라트바(Ratna) 왕비는, 2008년 5월에 군주제가 공화국이 된 이후에도 Narayanhity 궁전에 머무르는 게 허락되었다.

　Mahendra Manzil은 약 50여 년 전에 마헨드라 국왕이 그녀를 위해 세웠다. 여기에서 그녀는 왕가의 흥망성쇄를 목격하고 경험했다. 그녀는 대부분의 시간을 집에서 명상하는 데 보냈다.

　가넨드라 전왕과 그의 가족은 적어도 일주일에 한 번 그녀를 방문하지만, 라트나는 다른 친척이나 지지자들을 만나는 것을 피한다. 그녀는 거의 말하지 않지만, 일단 말을 하면 그녀의 말은 칙령의 무게를 지닌다.

　1972년 43세 때 미망인이 된 라트나는 2001년 6월 1일에 가족과 친척들이 총에 맞아 사망했던 왕실 대학살을 목격했고, 7년 후에는 240년 동안 유지되었던 군주국의 종말을 보게 된다.

8 March 2006 Queen Komal Rajya
Nepal stamp catalogue number: 859 Scott catalogue number: 769

▶ Technical Detail ···

Description : Queen Komal Rajya Laxmi Devi Shah portrait to mark
                  International Women's Day,
Date of Issue : March 8, 2006
Value : 5 Rupee
Color : Multicolor
Overall Size : 30x40mm
Printed by : Walsall Security Printers Ltd., United Kingdom

코말 라자(Komal Rajya) 왕비

1951년 2월 18일에 태어난 코말은 가넨드라 왕의 왕비이다. 그녀는 2008년 5월 28일에 군주제가 폐지되기 전까지 네팔의 마지막 왕비였다.

코말 왕비는 Kendra Shumsher Jang Bahadur Rana(1927~1982)와 그의 아내 Shree Rajya Laxmi Devi Shah(1928-2005)의 딸이다. 코말 여왕의 언니인 아이

슈와라(Aishwarya)는 가녠드라의 형인 비렌드라 왕과 결혼했다. 아이슈와라는 2001년 6월 1일 왕실 대학살에서 사망했다. 코말은 왕실 대학살 때 총상을 입고 병원에서 4주간을 보냈다.

그녀는 성메리학교, Jawalakhel, 성헬렌 수녀원, 인도의 Kurseong, 카트만 두의 Kalanidhi Sangeet Mahavidhyalaya에서 교육을 받았다. 코말의 남편 가녠드라는 왕실 대학살의 결과로 비렌드라 왕, 디펜드라 왕세자(3일 동안 왕위에 있었던), Nirajan 왕자의 사망 후에 왕좌에 올랐다. 그리고 코말은 네팔의 왕비 가 되었다.

코말 왕비는 1970년 5월 1일 카트만두에서 그녀의 둘째 사촌인 가녠드라 왕자와 결혼했고, 슬하에 Paras 왕세자와 Prerana 공주를 두었고, 그녀의 왕실 결혼식은 카트만두에서 1970년 5월 1일 길조의 날에 베다(Vedic) 의식으 로 가녠드라 왕세자와 함께 엄숙하게 진행되었다.

여왕 폐하는 그녀의 온유한 예절과 친절한 말로 네팔 국민 전체를 매료 시 켰다. 지칠 줄 모르는 사랑, 의무에 대한 헌신, 그리고 애정 어린 행동으로, 사람들은 왕비로서 적합하다고 생각했다.

왕비는 대부분의 시간을 사회 복지에 보내고, 전국의 많은 자선 단체를 지 원했다. 또한 세계여행에 대한 폭 넓은 경험과 세계 지도자들과의 대화를 통 해, 네팔과 국민에 대한 도덕적 헌신을 높였다.

한 국가의 영부인으로서 그녀는 언제나 여성의 지위 향상과 애니메이션에 관심이 많았다. 그녀는 항상 예술과 사회복지에 관심이 많았고, 다양한 분야 에서 그녀는 전체적인 전망과 종합적인 접근에 대한 필요성을 강조했다.

또한 그녀는 여성의 교육은 국가의 발전과 사회의 조화를 위해 반드시 필 요하다고 생각했다. 아울러 여성들이 국가의 공공활동에 참여해야 하고 국 가 발전에 적절한 역할을 해야 한다고 생각했다.

Kala Nidhi Sangeet Mahvidyalaya에서 Sitar(기타 비슷한 악기) 연주의 Madhyama 학위 소지자로서, 그녀는 음악 후원자이자 음악계의 최고 관리자였다.

그녀의 모든 위엄과 은혜와는 별개로, 사람들은 그녀의 매력적인 예절과 부드러운 행동을 깊이 인정하고 있다. 그녀는 매우 친절하고 사려 깊고, 그 녀와 접촉하는 모든 사람들과의 관계에서 늘 너그러웠다.

네팔(Napal)

국기

지도

국가 공식명칭 : 네팔연방민주공화국

지역 : 중국과 인도 사이의 남아시아

수도 : 카트만두(네팔 중앙에 위치)

인구 : 약 3,100만 명

면적 : 147,181 square km

고도 : 59~8,848미터(에베레스트 산)

표준시간대 : 그리니치 표준시간 +5:45시간

국가 통치 체제 : 공화국, 복수 정당을 갖춘 민주국가이며 선거를 통해 임명된 총리가 집행 의장으로서 의회를 책임진다. 2015년에 신헌법을 공포하였다.

언어 : 데바나가리 문자로 쓰여진 네팔어(비즈니스에는 영어가 널리 쓰임)

종교 : 비종교 국가, 힌두교 81.3%, 불교 9.0%, 이슬람교 4.4%, 키라트 3.1%, 기독교 1.4%

지형 : 평원지역(59-700m), 구릉지역(700~3,000m), 산악지역(3,000~8,848m)

통화 : 네팔 루피(NPR), 1달러(USD)=108.31 네팔 루피(NPR)_2016년 12월 기준

국제 다이얼 통화 코드(ISD Code) : +977

기후 : 평원지역(열대성/아열대성), 구릉지역(중간 정도), 산악지역(아고산대/고산대)

수계 : 마하칼리(인도 샤라다 지역) 유역, 네팔 서쪽 국경지역 카르날리(인도 강가 지역) 유역, 네팔 중서부 지역 간다키(인도 간다크 지역) 유역, 네팔 코시, 중서부 지역, 네팔 중동부 지역

주요 도시 : 카트만두, 비랏너걸, 러릿풀(파탄), 포카라, 빌건즈, 다란, 네팔건즈, 박타풀

천연자원 : 쿼트, 물, 목재, 구리, 코발트, 철광석, 경치

주요 농작물 : 쌀, 옥수수, 밀, 사탕수수, 근채작물, 콩류

주요 수출품 : 의류, 콩류, 카페트, 직물, 주스, 주트상품

주요 수입품 : 석유제품, 기계와 장비, 금, 전자제품, 약품

(출처 : 주한 네팔대사관)

샤 왕조(Shah Dynasty 1768~2008)의 계보

1	프리트비 나라얀 **Pritvi Narayan**	일생 1723~1775 재위 1768~1775
2	프리트비의 아들 프라타프 싱 **Pratab Sing**	일생 1751~1777 재위 1775~1777
3	프라타프 아들 라나 바하두르 **Rana Bahadur**	일생 1775~1805(암살) 재위 1777~1799(퇴위)
4	라나의 아들 기르반 유다 비크람 **Girvan Yuda Bikram**	일생 1797~1816 재위 1799~1816
5	기르반의 아들 라젠드라 **Rajendra**	일생 1813~1881 재위 1816~1847(퇴위)
6	라젠드라의 아들 수렌드라 **Surendra**	일생 1829~1881 재위 1847~1881
7	수렌드라의 손자 샤타 야신 **Shata Yasin**	일생 1875~1911 재위 1881~1911
8	프리트비의 아들 트리부반 **Tribhuvan**	일생 1906~1955 재위 1911~1950
9	마헨드라의 차남 갸넨드라 **Gyanendra**	일생 1947~생존 재위 1950~1951
10	프리트비의 아들 트리부반 **Tribhuvan**	일생 1906~1955 재위 1951~1955
11	트리부반의 아들 마헨드라 **Mahendra**	일생 1920~1972 재위 1955~1972
12	마헨드라의 장남 비렌드라 **Birendra**	일생 1945~2001 재위 1972~2001
13	비렌드라의 아들 디펜드라 **Diphendra**	일생 1971~2001 재위 2001~2001(3일)
14	마헨드라의 차남 갸넨드라 **Gyanendra**	일생 1947~생존 재위 2001~2008(폐위)